世界散文精品集丛书

SHIJIE SANWEN
JINGPINJI CONGSHU
REAI SHENGMING

热爱生命

本书编写组 ◎ 编

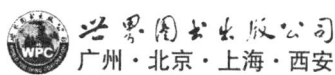
广州·北京·上海·西安

图书在版编目（CIP）数据

热爱生命/《热爱生命》编写组编. —广州：广东世界图书出版公司，2010.8（2024.2 重印）
ISBN 978-7-5100-2619-5

Ⅰ. ①热… Ⅱ. ①热… Ⅲ. ①散文 - 作品集 - 世界 Ⅳ. ①I16

中国版本图书馆 CIP 数据核字（2010）第 160318 号

书　　名	热爱生命 REAI SHENGMING
编　　者	《热爱生命》编写组
责任编辑	王升桃
装帧设计	三棵树设计工作组
出版发行	世界图书出版有限公司　世界图书出版广东有限公司
地　　址	广州市海珠区新港西路大江冲 25 号
邮　　编	510300
电　　话	020-84452179
网　　址	http://www.gdst.com.cn
邮　　箱	wpc_gdst@163.com
经　　销	新华书店
印　　刷	唐山富达印务有限公司
开　　本	787mm × 1092mm　1/16
印　　张	13
字　　数	160 千字
版　　次	2010 年 8 月第 1 版　2024 年 2 月第 10 次印刷
国际书号	ISBN 978-7-5100-2619-5
定　　价	59.80 元

版权所有　翻印必究

（如有印装错误，请与出版社联系）

前　言

优秀的散文作品，总是能激发读者丰富的联想。阅读则像蛋的孵化，想象力一旦破壳而出，就会冲天而去，不知所终。同样的道理，一个好的散文选本，也会给读者的联想，增添比较的乐趣。相信本书的读者都会享受到各自的阅读乐趣。

世界各国文化的发展不会是平衡的。一个国家的散文总是会展现出它独特的文化品格。法国散文的漫不经心，从容浪漫的气息氤氲着智慧，在严肃的话题中探出调皮的味道，常使作者联想起某些中国的古典散文。日本民族在与外来强势文化的融合与排拒中，形成和保有自己的文化，执著的底色，极致的境界，暧昧的情调，在日本散文中展示得充分而自然……

为集中展示外国散文名家的创作风采，我们邀请部分学者、译家，精心遴选世界各国的名家佳作，荟集成了这套外国散文丛书。我们以历史上确认的，具有历时性和普适性影响的著名作品为入选的标准，这些作品曾经滋养哺育了一代又一代的人，可以说是全人类各民族人文文化的结晶和集中体现。

　　本书取材广博，选文典型。如能认真阅读和深入思考，定能让古人的哲思睿智滋润你的心灵，让你看透人生的迷雾，使自己在今后的生活中变得洞察世事，人情练达，从而走向更加成功和灿烂的辉煌明天。

　　在编撰过程中，由于受资料和学识所限的缘故，书中肯定会有失当和不足之处，欢迎广大读者提出建议和批评，以便将来再版时采纳和改正。

目 录

热爱生命 /（法国）蒙田 …………………………… 1
一半是野兽，一半是天使 /（法国）帕斯尔卡 ……… 3
诱 惑 /（法国）夏多勃里昂 …………………………… 6
雏 菊 /（法国）雨果 …………………………………… 8
夏克玲和米劳 /（法国）阿纳托尔·法朗士 ………… 10
呼吸英雄的气息 /（法国）罗曼·罗兰 ……………… 12
沙 漠 /（法国）安德烈·纪德 ………………………… 14
中国印象（四篇）/（法国）克洛代尔 ……………… 17
忧郁转瞬即逝的效应 /（法国）普鲁斯特 …………… 25
死 亡 /（法国）让·科克托 …………………………… 27
火绒草 /（俄国）高尔基 ……………………………… 30
人（节选）/（俄国）高尔基 ………………………… 31
贝壳小记 /（埃及）陶菲格·哈基姆 ………………… 33
狼 /（俄国）伊凡·布宁 ……………………………… 36
黄 光 /（俄国）帕乌斯托夫斯基 ……………………… 39
短文四篇 /（俄国）索尔仁尼琴 ……………………… 45
星星和地球 /（俄国）邦达列夫 ……………………… 49
美 /（俄国）邦达列夫 ………………………………… 53
清脆的铃声 /（俄国）阿斯塔菲耶夫 ………………… 55
开阔的天空 /（英国）拉斯金 ………………………… 56
我为何而生 /（英国）罗素 …………………………… 59
太阳和鱼 /（英国）弗吉尼亚·伍尔芙 ……………… 61
夜行记 /（英国）弗吉尼亚·伍尔芙 ………………… 67
最后的话 /（英国）洛根·皮尔索尔·史密斯 ……… 70

泪水司炉／（英国）埃利亚斯·卡内蒂……77
耳证人／（英国）埃利亚斯·卡内蒂……78
伟大的渴望／（德国）尼采……80
幸福的童话／（德国）埃里希·凯斯特纳……83
父子情／（德国）赫尔姆林……86
在桥头／（德国）海因里希·伯尔……91
一个居民点的骨架／（德国）海因里希·伯尔……93
夜莺／（西班牙）麦斯特勒思……98
山口／（瑞士）赫尔曼·黑塞……100
从罗丹得到的启示／（奥地利）茨威格……102
多布罗加风光／（罗马尼亚）斯坦库……105
蜉蝣／（美国）本杰明·富兰克林……108
寂寞／（美国）梭罗……111
冬日漫步／（美国）梭罗……119
小麦／（美国）弗兰克·诺里斯……123
假如给我三天光明／（美国）海伦·凯勒……125
宽容的人们／（美国）房龙……134
再到湖上／（美国）爱·布·怀特……139
巨人树／（美国）斯坦贝克……146
寂静的春天（节选）／（美国）雷切尔·卡森……148
人生的真谛／（美国）亚历山大·辛德勒……151
我有一个梦想／（美国）马丁·路德·金……153
琼斯的悲惨命运／（加拿大）里柯克……157
声音／（阿根廷）安东尼奥·波契亚……160
夜的池沼／（智利）维乌伊多夫罗……164
大自然的颂歌／（墨西哥）奥克塔维奥·帕斯……166
自然与人生（六品）／（日本）德富芦花……169
死于山上的人们／（日本）长谷川如是闲……172
厕中成佛／（日本）川端康成……174
春将至／（日本）井上靖……177
虚荣的紫罗兰／（黎巴嫩）纪伯伦……181
人像一根麦秸／（以色列）大卫·格罗斯曼……185
回忆（节选）／（印度）泰戈尔……194

作者简介

蒙田
（1533－1592）

法国文艺复兴后期的人文主义思想家。主要作品有《蒙田随笔全集》。

热爱生命

我对某些词语赋予特殊的含义。拿"度日"来说吧，天色不佳，令人不快的时候，我将"度日"看做是"消磨光阴"，而风和日丽的时候，我却不愿意去"度"，这时我是在慢慢赏玩、领略美好的时光。

坏日子，要飞快去"度"；好日子，要停下来细细品尝，"度日"、"消磨时光"的常用语令人想起那些"哲人"的习气。他们以为生命的利用不外乎在于将它打发、消磨，并且尽量回避它，无视它的存在，仿佛这是一件苦事、一件贱物似的。至于我，我却认为生命不是这个样的，我觉得它值得称颂，富有乐趣，即便我自己到了垂暮之年也还是如此。我们的生命来自自然的恩赐，它是优越无比的，如果我们觉得不堪生之重压或是白白虚度此生，那也只能怪我们自己。

糊涂人的一生枯燥无味，躁动不安，却将全部希望寄托于来世。不过我却随时准备告别人生，毫不惋惜。这倒不是因生之艰卒或苦恼所致，而是由于生之本质在于死。因此只有乐于生的人才能真正不感到死之苦恼。享受生活要讲究方法。我比别人多享受到一倍的生活，因为生活乐趣的大小是随我们对生活的关心程度而定的。

尤其在此刻，我眼看生命的时光无多，我就愈想增加生命的力量，我想靠迅速抓紧时间去留住稍纵即逝的日子；我想凭时间的有效利用去弥补匆匆流逝的光阴。剩下的生命愈是短暂，我愈要使之过得丰盈饱满。

作者简介

帕斯卡尔

（1623–1662）

法国数学家、物理学家、哲学家和散文家。他的《帕斯卡尔思想录》被认为是法国古典散文的奠基之作。

一半是野兽，一半是天使

矛盾，在已经证明了人的卑劣和伟大之后——人们在现在就必须正确认识自己的价值。人应当爱自己。因为在人身上，有着能够实现完美的天性。但是不能因此去爱自己身上的卑劣。人应当鄙视自己。因为尽管可以实现完美，但这种能力却并无价值。但是不能因此就鄙视这种天赋的能力。人应当憎恶自己，同时热爱自己。人本身具有认识真理和适应幸福的能力，但是人却根本没有掌握永恒的真理、完全的真理。

因此，我要引导人们，让他们从心里渴求探索真理，这是为了使人们醒悟自己的知识怎样因情念的遮蔽而朦胧混沌，并能够从这种情念中解脱，前往真正的真理所在，去追求真理。因为尘世的情念具有可以随意摆布人们的力量，而希望人们因觉醒而憎恶那有害于自身的情念。这样在选择自己的道路时，也不会因情念而至于盲目。而且在一旦选定之后，也不会因情念而阻塞这一道路。

我们要让普天之下的民众都知道自己，甚至为我们不复存在之后的来者所知。我们是如此的狂傲。可是，我们如果听到周围五六个人的奉承，就会因此而心满意足。我们又是如此的空虚。

不向人指出人的伟大，仅仅使人看到自己怎样与野兽相等同，这是危险的。可是，不向人指出他的卑劣，仅仅使他看到他的伟大，也是危险的。如果使他对两者都茫然无知，那就更危险了。若把这两方面都向他指明，就是极其有益的。

人不能认为自己等同于野兽，也不能认为自己等同于天使，更不能对这两方面都无认识，人必须同时认识到这两个方面。矛盾——人生来就是轻信的、多疑的、怯懦的、鲁莽的。

如果他狂傲自大，我就贬斥他。如果他谦卑自损，我就颂扬他。我始终与其相违背。直到他终于醒悟，自己犹如不可理解的谜语为止。

进一步说，如果不凭信仰，任何人都无法确定自己是醒着的还是睡着的。有这样的情形，人们即使在睡眠中，也坚信与醒着的时候同样清醒，认为现在是醒着的。可以看到物体的大小、形态和运动，感到时光流逝，并可以测计它。总之，一切活动都完全与清醒时同样。于是人生的一部分，正如我们自己所说的那样，在睡眠之中度过，那时无论显现出什么，绝非真实的感觉。这时我们感到的一切，都不过是幻影。如果是这样，那么人生中我们认为是醒着的另一部分，与这种睡眠状态略有不同，难道不能说只不过是另一种睡眠吗？而且，在认为自己是在睡眠中时，难道不是也有实际上从睡眠中觉醒的吗？……

那么，人可以说确实掌握着真理吗？即使稍加夸大，勉强得出这样的结论，也不能公开堂堂正正地确立真理所有者的资格，人最终仍将放弃这一权利。

人是怎样的怪异啊！是何等的奇妙，何等的怪诞，何等的蒙昧，何等的充满矛盾，何等的令人惊异啊！既是万事万物的审判官，又是愚蠢的下界的虫豸；既是真理的寄主，又是虚假、谬误的垃圾，宇宙的废物。

谁能梳理这复杂纷乱的现实呢？……

自然，使皮伦之徒窘困；理性，使教条主义者窘困。以自然的理性在探索着自己真实的状态是怎样的人们啊,你们最终会变成什么样子呢?你们无法避开这两派之中的任何一派,也不能为其中任何一派所束缚。

高傲的人们啊,那么,请你们认识自己一无所成的事实吧!无能的理性啊,可以谦虚一些了!愚蠢的自然啊,请你沉默吧!应当认识到,人是无限地超越自身的,而且自己所不能理解的自己的真正状态,也可以从神那里得到教示。请谛听上帝的圣训吧!

我们渴望求得真理,然而从自身发现的,却只是不确实。

我们追求幸福,然而我们得到的却只是悲愁与死亡。

我们绝不是不期求真理与幸福。可是,却既不能得到确定的认识也不能得到幸福。

这一愿望遗留给我们,既是为了惩罚我们,又是为了使我们觉察到自己是从何处堕落的。

在危险之外惧怕死亡,在身临险境时却无所畏惧,这就是所谓人。

人既不是天使,也不是野兽。不幸的是:想成为天使者相反却沦为野兽。

作者简介

夏多勃里昂

（1763－1848）

法国作家。主要作品有《纳切兹人》、《美洲游记》及《墓畔回忆录》等。

诱 惑

很快，我在我的塔楼里待不住了，我便下楼，穿过黑暗，像个谋杀者偷偷打开通向台阶的门，到大树林里去游荡。

我挥舞着手，拥抱着风，风却像我穷追不舍的影子那样逃脱，盲目地走了一阵之后，我倚在了一棵山毛榉树上，我望着那些乌鸦，它们被我从一棵树上哄起，又落在另一棵树上，或者，我望着月亮，月亮在大树群的光秃秃的梢上爬行，我真想住在这个死寂的世界上，它反射着坟墓的苍白。我感觉不到冷，也感觉不到夜的潮湿，如果不是此刻村里的钟声响起，就是黎明的冰冷的气息也不能把我从沉思中拉出来。

在布列塔尼的大部分村庄里，通常是在天蒙蒙亮的时候为死者敲钟。钟声由三个重复的音组成一个短小的乐曲，单调、忧郁、充满乡间情味。最适合于我那病态、受伤的灵魂的，莫过于经受生命的磨难了，钟声宣布了它的终结。我想象自己是一个牧人，在他那无人知晓的窝棚里断气，然后被送进一座同样无人知晓的公墓。他来到世间干什么？我自己呢，我在这世界上干什么？既然我终得过去，那么，借着早晨的清凉出发，早早地到达，不是强似在重压之下冒着白昼的炎热结束旅程吗？欲望烧红了我的脸颊，不再生存的念头像一阵突如其来的欢乐抓住我的心。在我年轻常犯错误的时候，我常常希望幸福了就死，因为在最初的成功之中有一种至福，使我渴望着毁灭。

我越来越紧地被捆在我的幽灵上，只能从不存在的东西上得到乐趣，就像那些被毁伤的人一样，他们幻想着他们抓不住的极乐，他们为自己创造一个快乐与地狱中的酷刑相等的梦幻。我还预感到我未来命运的种种苦难，精于为自己铸造痛苦，我就置身于两种绝望之间，有时候我认为我不过是个废物，不能超出于平庸之上，有时候我似乎觉得我身上有些品质永远不会得到欣赏。一种隐秘的直觉警告我，我在这个世界上往前走，根本找不到我寻找的东西。

一切都滋养着厌倦使我尝到的苦涩，吕西尔是不幸的，我的母亲不能安慰我，我的父亲使我感到生活的痛苦。随着年纪的增长，他越发闷闷不乐了，衰老使他的肉体和灵魂都变得僵硬，他不断地找茬儿申斥我。我疯跑过后回去，看见他坐在台阶上，这时候我宁愿被杀死，也不想进古堡。这不过使我的酷刑延期罢了，我总得在吃晚饭的时候露面，我呆呆地坐在椅子的角上，我的脸颊被雨水抽打过，头发乱糟糟的。在我父亲的注视下，我一动不动，汗水盖满了额头，理智的最后一缕光亮也逃离了我。

我于是到了一个时刻，需要一些力量坦白我的弱点。企图自杀的人表现得更多的是他天性中的软弱，而不是他的灵魂的力量。

我有一支猎枪，扳机磨损得厉害，常常走火。我给枪上了三颗子弹，我到了大槌球场的一个偏僻的角落。我顶上火，把枪口放进嘴里，把枪托往地上撞，我试了好几回，枪老是不响，一个看守人的出现中断了我的决心。我是个不自愿也不自知的宿命论者，我想时辰还不到，就等另一天实施我的计划。如果我自杀了，我的整个儿过去就同我一起隐没，人们对把我引向灾难的故事将一无所知，我将扩大无名的不幸者的队伍，我将不会让人发现我的忧伤的痕迹，就像一个受伤的人不让人发现他的血迹。那些看到这一幅幅图画而心绪纷乱并且企图仿效这种种疯狂的人，那些因我的空想而喜欢我的回忆录的人，应该记住他们听见的是一个死人的声音。

作者简介

雨果
（1802 – 1885）

法国浪漫主义作家，被人们称为"法兰西的莎士比亚"。代表作有长篇小说《巴黎圣母院》、《悲惨世界》、《海上劳工》、《笑面人》、《九三年》及诗集《光与影》。

雏 菊

前几天我经过文宪路，一座联结两处六层高楼的木栅栏引起了我的注意。它投影在路面上，透过拼合得不严紧的木板，阳光在影上画线，吸引人的平行金色条纹像文艺复兴时期美丽的黑缎上所常见的一样。我走近前去，往板缝里观看。

这座栅栏今天所围住的，是两年前，1893 年 6 月被焚毁的滑稽歌舞剧院的场地。

午后二时，烈日炎炎，路上空无人迹。

一扇灰色的门，大概是单扇门，两边隆起，中间凹下，还带有洛可可式的装饰，可能是百年前爱俏的年轻女子的闺门，安装在栅栏上。只要稍稍提起插栓门就开了。我走了进去。

凄凄惨惨，无比荒凉。满地泥灰，到处是被遗弃在那里的曾经被略微加工过的大石块，它们苍白如墓石。四处好像废墟一样，场里没人，邻近的房屋墙上留有明显的火焰与浓烟熏过的痕迹。

这块土地，火灾以后已遭受两个春天的连续毁坏，在它的梯形的一隅，在一块有些变绿的巨石下面，延伸着埋葬小虫与蜈蚣的地下室。巨石后面的阴暗处，长出一些小草。

我坐在石上俯视这些植物。

天啊！就在那里长出一棵世界上最美丽的小小的雏菊，一只小小的可爱的飞虫绕着雏菊娇艳地来回飞舞。

这朵草花安静地生长，并遵循大自然的美好的规律，在泥土中，在巴黎中心，在两条街道之间，离王宫广场两步，离骑兵竞技场四步，在行人、店铺、出租马车、公共马车和国王的四轮华丽马车之间，这朵花，这朵临近街道的田野之花激起我无穷无尽的遐想。

十年前，谁能预见日后有一天在那里会长出一朵雏菊！

如果说在这原址上，如果在旁边的地面上，从没有发生过什么异常的事情，只有许多房屋，生活着房产业主、房客和看门人，以及夜晚临睡前小心翼翼地灭烛熄火的居民，那么在这里绝对不会长出田野的花。

多少事物的变幻，多少失败和成功的演出，多少破产的人家，多少意外的事故，多少奇遇，多少突然降临的灾难……这许许多多世事的变幻构成了这朵花的精魂！对于每晚被吸引到这里来生活的我们这班人，如果两年前眼中发现这朵花，这帮人骇然会把它当作幽灵！命运是一座作弄人的迷宫，多少神秘的安排，归根结底，终于化为这洁光四射的悦目的小小的黄太阳！

必须先要有一座剧院和一场火灾，即一个城市的欢乐和一个城市的恐怖，一个是人类最优美的发明，一个是最可怕的天灾，30年的狂笑和30小时的滚滚火焰，才生长出这朵雏菊，赢得这飞虫的喜悦！

对于善于观察的人来讲，最渺小的事物往往就是最重大的事物。

作者简介

阿纳托尔·法朗士

（1844－1924）

法国作家、文学评论家、社会活动家。主要作品有《黛丝》、《鹅掌女王烤肉店》、《蜜蜂公主》等。

夏克玲和米劳

夏克玲和米劳是朋友。夏克玲是一个小女孩，米劳是一只大狗。她们来自同一个世界，她们都是在乡下长大的，因此她们对彼此的理解都很深。她们彼此认识了多久呢？她们也说不出来。这都是超乎一只狗儿和一个小女孩记忆之外的事情。除此以外，她们也不需要认识，她们没有希望、也没有必要认识任何东西。她们所具有的唯一概念是她们好久以来——自从有世界以来，她们就认识了；因为她们谁也无法想象宇宙会在她们出生之前就已经存在。按照她们的想象，世界也像她们一样，是既年轻、又单纯，也同样的天真烂漫。夏克玲看米劳，米劳看夏克玲，都是彼此彼此。

米劳比夏克玲要大得多，也强壮得多。当它把前脚搁到这孩子的肩上时，它足足比她高一个头和胸。它可以三口就把她吃掉，但是它知道，它觉得她身上具有某种优良的品质，虽然她很幼小，她是很可爱的。它崇拜她，它喜爱她。它怀着真诚的感情舐她的脸。夏克玲也爱它，是因为她觉得它强壮和善良。她非常尊敬它。她发现它知道许多她所不知道的秘密，而且在它身上还可以发现地球上最神秘的天才。她崇敬它，正如古代的人在另一种天空下崇敬树林里和田野上的那些粗野的、毛茸茸的神仙一样。

但是有一天她看到一件惊奇的怪事，使她感到迷惑和恐怖：她看到她所崇敬的神物、大地上的天才、她那毛茸茸的米劳神被一根长皮带系在井旁边的一棵树上。她凝望着、惊奇着。米劳也以它那诚实和有耐性的眼望着她。它不知道自己是一个神、一个多毛的神，因而也就毫无怨言地戴着它的带子和套圈一声不响。但夏克玲却犹疑起来了，她不敢走近前去，她不理解她那神圣和神秘的朋友为何现在成了一个囚徒。一种无名的忧郁笼罩着她整个稚弱的灵魂……

作者简介

罗曼·罗兰

（1866－1944）

法国思想家、文学家、批判现实主义作家、音乐评论家和社会活动家。代表作有长篇巨著《约翰·克利斯朵夫》，传记作品《贝多芬传》、《米开朗琪罗传》和《托尔斯泰传》等。

呼吸英雄的气息

我们周围的空气多么沉重。老大的欧罗巴在重浊与腐败的气氛中昏迷不醒。鄙俗的物质主义镇压着思想，阻挠着政府与个人的行动。社会在乖巧卑下的自私自利中窒息而死，人类喘不过气来。打开窗子吧，让自由的空气重新进来，呼吸一下英雄们的气息！

人生是充满苦难的。对于不甘于平庸凡俗的人，那是一场无尽无休的斗争，往往是悲惨的，没有光华的，没有幸福的，在孤独与静寂中展开的斗争。贫穷，日常的烦虑，沉重与愚蠢的劳作，压在他们身上，无益地消耗着他们的精力，没有希望，没有一道欢乐之光，大多数还彼此隔离，连对患难中的弟兄们伸一援手的安慰都没有。他们不知道彼此的存在，他们只能依靠自己，可是有时连最强的人都不免在苦难中蹉跌。他们求助，求一个朋友。

为了援助他们，我才在他们周围集合一些英雄的友人，一些为了善而受苦的伟大的心灵。这些"名人传"不是向野心家的骄傲申说，而是献给受难者的。实际上谁又不是受难者呢？让我们把神圣的苦痛的油膏，献给苦痛的人吧！我们在战斗中不是孤军。世界的黑暗，受着真理之光的烛照。即是今日，在我们近旁，我们也看到闪耀着两朵最纯洁的火焰，正义与自由：毕加大佐和蒲尔民族。

即使他们不曾把浓密的黑暗一扫而空，至少他们在一闪之下已给我们指点了大路。跟着他们走吧，跟着那些散在各个国家、各个时代、孤独奋斗的人走吧。让我们来摧毁时间的阻隔，使英雄的种族再生。

我称为英雄的，并非以思想或强力称雄的人；而只是靠心灵而伟大的人。好似他们之中最伟大的一个，就是我们要叙述他的生涯的人所说的："除了仁慈以外，我不承认还有什么优越的标记。"没有伟大的品格，就没有伟大的人，甚至也没有伟大的艺术家，伟大的行动者；所有的只是些空虚的偶像，匹配卑俗的灵魂；时间会把他们一齐摧毁。成败又有什么相干？主要是成为伟大，而非显得伟大。

这些传记中人的生涯，几乎都是一种长期的受难。或是悲惨的命运，使他们的灵魂在肉体与精神的苦难中磨折，在贫穷与疾病的铁砧上锻炼；或是目击同胞受着无名的羞辱与劫难，而生活为之戕害，内心为之破裂，他们永远过着磨难的日子；他们固然由于毅力而成为伟大，可是也由于灾患而成为伟大。所以不幸的人啊！切勿过于怨叹，人类中最优秀的分子和你们同在。汲取他们的勇气做我们的养料吧；倘使我们太懦弱，就把我们的头枕在他们膝上休息一会吧。他们会安慰我们。在这些神圣的心灵中，有一股清明的力量和强烈的慈爱，像激流一般飞涌出来。甚至无须探询他们的作品或倾听他们的声音，就在他们的眼里，他们的行述里，即可看到生命从没有像处于患难时的么伟大、那么丰满、那么幸福。

在此英勇的队伍内，我把首席给予坚强与纯洁的贝多芬。他在痛苦中还曾希望他的榜样能支持别的受难者，"但愿不幸的人，看到一个与他同样不幸的遭难者，不顾自然的阻碍，竭尽所能地成为一个不愧为人的人，而能借以自慰"。经过了多少年超人的斗争与努力，克服了他的苦难，完成了他所谓"向可怜的人类吹嘘勇气"的大业之后，这位胜利的英雄，回答一个向他提及上帝的朋友时说道："噢，人啊，你当自助！"我们对他这句豪语应当有所感悟。依着他的先例，我们应当重新鼓起对生命对人类的信仰！

作者简介

安德烈·纪德
（1869—1951）

法国作家。主要作品有自传《如果种子不死》及小说《人间食粮》、《背德者》、《窄门》等。1947年获诺贝尔文学奖。

沙 漠

啊！多少次黎明即起，面向霞光万道、比光轮还要明灿的东方——多少次走到绿洲的边缘，那里的最后几棵棕榈枯萎了，生命再也战胜不了沙漠——多少次啊，我把自己的欲望伸向你，沐浴在阳光中的酷热的大漠，每当俯向这无比强烈的耀眼的光源……需要何等激动的瞻仰、何等强烈的爱恋，才能战胜这沙漠的灼热呢？

不毛之地，冷酷无情之地，热烈赤诚之地，先知神往之地！苦难的沙漠，辉煌的沙漠，我曾狂热地爱过你。

在那时时出现海市蜃楼的北非盐湖上，我亲眼看见犹如水面一样的白茫茫盐层。——我知道，湖面上映照着碧空——盐湖湛蓝得好似大海，——但为什么——会有一簇簇灯芯草，稍远处还会矗立着正在崩坍的页岩峭壁——为什么会有漂浮的船只和远处宫殿的幻象？——所有变了形的景物，悬浮在这片臆想的深水之上。（盐湖岸边的气味令人作呕；岸边是可怕的泥灰岩，吸饱了盐分，暑气熏蒸。）

我曾见在朝阳的斜照中，阿马尔卡杜山变成玫瑰色，好像是一种燃烧的物质。

我曾见天边狂风怒吼，飞沙走石，令绿洲气喘吁吁，像一只遭受暴风雨袭击而惊慌失措的航船；绿洲被狂风掀翻。而在小村庄的街道上，瘦骨嶙峋的男人赤身露体，蜷缩着身子，忍受着炙热焦渴的折磨。

我曾见荒凉的旅途上，骆驼的白骨蔽野；那些骆驼因过度疲顿，再难赶路，被商人遗弃。

我也曾见过这种黄昏：除了鸣虫的尖叫，再也听不到任何歌声。

——我还想谈谈沙漠：

生长细茎针茅的荒漠，绿色的原野随风起伏。

乱石的荒漠，不毛之地。页岩熠熠闪光；小虫飞来舞去；灯芯草干枯了。在烈日的曝晒下，一切景物都发出噼噼啪啪的声音。

黏土的荒漠，这里只要有涓滴之水，万物就会充满生机。只要一场雨后，万物就会葱绿。虽然土地过于干旱，难得露出一丝笑容，但这里的青草似乎比别处更嫩更香。由于害怕未待结实就被烈日晒枯，青草都急急忙忙地开花，授粉播香，它们的爱情是急促短暂的。太阳又出来了，大地龟裂、风化，水从各个裂缝里逃遁。大地坼裂得面目全非；大雨滂沱，激流涌进沟里，冲刷着大地；但大地无力挽留住水，依然干涸而绝望。

黄沙漫漫的荒漠——宛似海浪的流沙；不断移动的沙丘，在远处像金字塔一样指引着商队。登上一座沙丘，便可望见天边另一座沙丘的顶端。

刮起狂风时，商队停下，赶骆驼的人便在骆驼的身边躲避。

黄沙漫漫的荒漠——生命灭绝，唯有风与热的搏动。阴天下雨，沙漠犹如天鹅绒一般柔软，夕照中，则像燃烧的火焰；而到清晨，又似化为灰烬。沙丘间是白色的谷壑，我们骑马穿过，每个足迹都立即被尘沙所覆盖。由于疲顿不堪，每到一座沙丘，我们总感到难以跨越了。

黄沙漫漫的荒漠啊，我早就应当狂热地爱你！但愿你最小的尘粒在它微小的空间，也能映现宇宙的整体！微尘啊，你忆起何种生

活,从何种爱情中分离出来?微尘也想得到人的赞颂。

我的灵魂,你曾在黄沙上看到什么?

白骨——空的贝壳……

一天早上,我们来到一座高高的沙丘脚下避阴。我们坐下,那里还算阴凉,悄然长着灯芯草。

至于黑夜,茫茫黑夜,我能谈些什么呢?

这是一次缓慢的航行。

海浪输却沙丘三分蓝,

沙海胜似天空一片光。

——我熟悉这样的夜晚,似乎觉得一颗颗明星格外璀璨。

作者简介

克洛代尔

(1868 – 1955)

法国诗人,剧作家。戏剧代表作有《正午的分界》、《人质》,诗歌代表作有散文诗集《认识东方》和组诗《五大颂歌》。

中国印象(四篇)

榕 树

榕树抽条了。

这个巨人,在这儿,也像他的印度兄弟那样,从来不俯身用手重新抓住大地,而总是挺起胸膛,把须根像无数链条一样送上蓝天。主干长高了,才离开地面几尺,就运足气力岔开肢体,仿佛手臂环住绳索猛撑似的。这庞然大物用力牵引,缓缓地伸开手脚,舒展,延长,竭尽全力,艰辛啊,他那粗糙的厚皮都迸裂开来,暴出了一根根青筋。瞧,他的枝杈朝上直窜,虬曲,纵横交错,扭曲着腰和双肩,放松腿腕,就像千斤顶和撬棒似的,胳臂一起一落,关节伸缩着举起了全身。这是一条盘结起来的巨蟒,一条七头怪蛇,正在努力挣脱僵硬的土地。榕树简直像是从深处举起重物,全身憋足了劲扛住它似的。

村口,在一群谦逊的族人簇拥下,榕树像个老族长,披着一身浓密黢黑的叶丛。人们在他脚下,建了一座祭祀台子,在他心窝里和枝干分叉的地方陈放着祭品,和一个石人。他是这整个区域的见证,他用无数须根紧紧地缠绕着大地,永远待在这里。无论他的影子转向何方,也许是他单独跟孩子们一道,也许全村的人聚集在他长长的虬曲的树阴底下，淡红色的月亮总会透过他叶间的拱形缺口，洒下一片清辉。这伟丈夫站立了多少个世纪，在这一瞬间仿佛还正以难以觉察的力量坚持着呢。

有些地方的神话赞美给本地带来了水的英雄，他搬开巨大的岩石，扒开堵塞了的源头，让清泉涌出。我在榕树身上看到了一位直立着的、植物界的赫拉克勒斯，威风凛凛地在他辛辛苦苦营建起来的巨大建筑物中一动不动。

不正是他吗，这被铁链锁住的怪物。他战胜了悭吝的土地的抵抗，因为他，那沉郁的泉水汩汩奔流，那远方的青草丛丛而生，稻田里灌满了水？

榕树抽条了。

墓地——喧声

一会儿上坡，一会儿下坡，我们终于走过了大榕树。这榕树像阿特拉斯似的稳稳地站在那儿，挺着歪歪扭扭的主干，还有肩膀和双膝，仿佛正扛着天宇的重担；树脚下有个小小的化纸炉，人们把凡是有黑色字迹的纸片都投进去焚化，似乎在给原始的树神敬献上一份祭文。我们转了个弯，换了方向，经过一条曲折小路——自从出发之后我们的脚步就一直随着这条路径——我们走进了满目荒芜的墓地。这时正是黄昏时分，金星，像一位默默祈祷的圣者，凝望着下方，太阳已渐渐沉入深邃的、半透明的水波。

日头昏黄，在它苍白色的光线下面，我们目视原野，整个墓地都蒙着一层像虎皮似的黄色杂毛，从下到上，我们的路径穿过这片丘陵地；涧谷的对面那边，峰峦重叠，纵目所及，坑坑洼洼，兔子窝似的，全是坟墓。

在中国，人们把死看得与生同样重要。人死后就成了一件大家敬而远之的东西，会作恶的神祇，——阴森森的，叫人害怕。生者和死者之间的联系并未松散，礼仪如昔，并将永远继续下去。人们不时地要到祖先的墓园里去祭祀，烧香，放爆竹，供上米饭肴肉，用纸品的形式呈上名片，并用石头压好。死者的遗体被放在厚实的棺柩里，停在屋里很长时间，然后人们把它抬到露天里，或是权厝入圹，一直要到阴阳先生为他找到一块风水宝地，人们这才为他精心营建冥宅，以免死者灵魂不安，漂泊无依。人们往往在山腰那结实而从未开垦过的土地上为死者挖掘坟墓，而活着的人呢，反倒大群大群地给挤在涧谷下面，生活在低凹多沼泽的平原，而墓冢总是处在宽敞的地方，向阳佳境，极为开朗。

坟墓建在丘陵地上，其形半圆，围绕死者砌上一圈半圆形石块，如大括号；死者仰卧其中仿佛入睡，坟墓中间部分隆起如块状；就是这样，泥土将死者拥入怀抱，与之俱化。墓前置有石板，上面镌刻着死者的称谓和名字，因为中国人认为别的灵魂，会偶尔停留，念出死者的名字。石板的形状就像石头祭坛后部的条案，上面放着成对的诸色供品；死者家族的亲人们，每逢节令或忌日，就齐集在坟墓的石级和栏杆正面，向祖先表示敬意；这原始的象形文字记载着遗嘱。面前的半圆形建筑物就反映出这种祈求和愿望。

整个这片屹立在泥沼上的土地布满了又阔又矮的坟茔，宛如许多已经堵塞的井口。坟墓有大有小，有的简陋有的复杂，有新建的，也有些看上去跟旁边的山岩一样古老。大多都建在山顶，仿佛就在山脖子的褶皱中间；这块墓园的院场大得简直可容千人下跪膜拜。

我就住在这个墓园地区，于是，我从另一条小路，又返回到小山顶上我的房屋。

城区在下面，在宽广的、浑黄的闽江对岸。闽江，那深沉的急湍，在千秋桥的桥墩之间，汹涌地流过。白天，可见山野蜿蜒，环绕城邑，就好像我在上面说过的墓园井栏一样（飞翔的鸽群和一座寺院中的宝塔使人感到空间的无限）；奇形怪状的屋脊，绿树披拂的两座小山耸立在无数屋宇之间；江上，一簇簇凌乱的木排和尾闾藻饰得宛如绘画的帆船，顺流淌去。现在天色已晚，在我脚下，一点灯光冲破了夜晚和浓雾，我走过那条熟路，钻进了苍郁的松树浓阴。我到达我的住所，这三倍大的大墓，因为青苔和年代久远，早已变得黝黑，好像古代的铠甲，斜斜地俯瞰着底下那堵充满疑忌的护墙。

我到这里来是为了谛听。

中国的城市没有工厂和车辆：这里，每至傍晚，在各种叫卖的市声寂静下来之后，唯一可以听见的嘈杂声就是人们说话的声音。我谛听的就是这个，因为一个人，当他不再去探求别人对他所说的话的意义的时候，就能更加精细地听见这种语言了。这里居住着近百万人：我在一片嘈嘈切切中谛听着人们谈话。这是一种滔滔不绝、迸发作响的喧哗，倏然而来的加强音时时把它们划分开来，如裂楮帛。我有时想分辨音符和抑扬的音调，就像人们把手指按在正确部位上调谐一面鼓那样。这城市是否每天会在不同的时辰里发出异样的嘈杂声呢？我想实地考察一番。——这时正是晚间，人们正在互相谈说着一天里的种种新闻。每个人好像都以为就他一个人独自在说话，谈到打架、食物、家庭琐事、职业、商业、政治等等趣闻。但是世代相传的言语永不消失，当然也有无数个人所添加的东西。语言，如果一旦去掉了它所表示的意思，那么所残存的就只剩下声音所载送的不可理解的成分了，如发音、语调、重音。既然在每个音之间彼此可以融合，那么，是否意义也进一步可以互相连通呢，而这种共同语言的语法又是什么呢？我这个死者的客人，久久地谛听着远方那片嘈杂声，发自生命的喧哗。

是该回去的时候了。我走上归途，松林中高高挺立的树干更增加了夜的阴影。这时候，已经开始看见萤火虫，这草丛的家神了。好像在沉思中，心灵也迅疾地感受到这点爝火，这突如其来的迹象，你瞧，那微弱的亮光正在黑地里时明时灭。

园　林

现在是三点半钟。一片凄清的白色，天空仿佛蒙上了一层帷幕。

空气潮湿而清冷。

我进城去寻觅园林。

我在乌黑的泥浆中蹀躞，沿着这条壕沟早已倒塌的岸边走去，气味呛人，就像爆炸过什么东西似的。这是一股油、蒜、脂肪、污垢、鸦片、尿、屎和动物内脏的混合气味。我脚上穿着厚厚的钉鞋和草鞋，头戴又尖又长的风帽或无边圆毡帽，套上短裤和帆布或丝织的绑腿，在一伙神情欢悦而天真的人群中间走着。

围墙蜿蜒起伏不断；墙脊砌以青砖明瓦，势如游龙；最终乃见龙首昂然出于烟波浩渺之间。——正是这里。我悄悄地敲了一下黑色小门，门开了。我在翘起的屋檐下面、穿过无数门厅和狭长的走廊。眼前豁然，别有天地。

这是一座园林。——跟古代意大利和法国的画家一样，中国人懂得：由于园林的四周是封闭的，各个部分必须组合匀称，自成丘壑，使大自然与我们心神契合，这样，园主人目之所及，自然会通过一种细腻的和谐，感到庭居晏处的雅趣。盖景物之美实非草木和树叶的颜色所构成，而应当说这是由于线条与地势之起伏掩映所致，于是中国人用石头建造了他们的花园。他们不施丹青，而用雕塑；堆叠山石，以创造人工景观。从确定轮廓和形态来看，用石头似乎要比用植物装点景色更服帖更适宜，它们的层次和外貌的变化令人感觉到高度和深度，曲折和突兀。大自然早就准备好了素材，经过时间妙手的摩挲，冰冻、雨水的侵蚀，画开嶂色，岩石为穿。这些面容、动物、骨骼、手掌、巨大的贝壳、无头的身躯，堆砌得好像一块凝固了的整体，其中混杂着树叶和鱼类，中国艺术就是从这些奇异的事物中模拟出来的，其变化莫测，浑然天成。

此地显现出一片山峦，奇峰突起，下临深涧，有斜坡极其陡峻，通达其间。山脚则沉浸于一小湖之中，湖面半覆青萍，上有曲桥透迤，虹跨长堤。暖阁明秀，伫立于玫瑰红色之花岗石桩之上。十二飞檐倒影于一池碧波之间，如展双翼，拔地飞起。远处，不少表皮斑驳的树木笔直地矗立山间，望之如铁铸烛台，枝干高扬，俯瞰全园，浓荫蔽日。我进入山石中间，穿过一座漫长的迷宫，山势幽邃深杳，蜿蜒回旋，上下起伏，扩大并增加了景观。环绕湖石，恍如梦境，于是我登上了峰顶，俯视下方，枝柯披纷，如临溪壑，但见寺院楼台耸立于万树丛中，宛然一屋宇之诗章。

屋顶或高或低，简繁由之，有些透迤如三角楣，有些浮悬如铃铛，其上均饰有各种柱头人物塑像，荷叶蕨和游鱼点缀其间；屋脊高处巍然突起，在那些脊尖相交的末端，有鹿、鹤、祭台、瓶缶或带翼的石榴等诸色徽记。檐角飞举，仿佛双臂展开无限阔大的长袍，从远处瞩目，白色作白垩的乳白色，黑色呈烟煤子的黄黑色，略无光泽。空气绿莹莹的，就像人们透过一面旧玻璃窗望出去的那个样子。

我顺着另外一面山坡走到大殿前面，斜坡缓缓地把我朝一个湖送去，这里砌有一层层蹬道，参差不齐，殊增佳趣。房屋遮住了我的视线，到走廊尽头，才看到五六个屋角无秩序地伸向天空。什么也描绘不出这些令人迷醉的屋顶的美妙神奇，这些绮丽的屋脊斜倚着把一枝百合花送入云端。巨大的飞檐翘角上饰满了花，看上去仿佛人们蓦地松开去的一簇枝柯。

我走近池边，但见枯荷纵横，盖满水面，寂静得像冬天的林中空地。这充满和谐的园林是此间粮食同业公会同仁集资构筑，以供游乐的场所。人们大概常于春夜来此饮茶，眺望明月的清辉吧。

然而，另一个园子却更加独特。

天色已近黄昏，我走进方方的院落，全园在目，一览无余，景观的规模异常雄伟，令人想到混沌初开，水岩奔驰的景象。是谁把这偌大的石堆杂拌儿整个的倾倒了？浊浪翻腾，冲击，卷送，而今就这样堆积在那里，仿佛仍然余怒未息似的，那铅灰色的荒原真像裂缝交错的脑浆。中国人剥开了风景的表层。这小小的一角真像大自然那样无法解释，看上去也像大自然那样寥廓而纷繁。在这堆石山中间矗立着一棵虬曲的黑松；枝柯纤细，针叶挺直如戟，中轴峭拔而洒脱，这幻境中唯一的树不成比例，宛如游龙吐出泥土，吞云吐雾似的，在风中鏖战。这地方似乎从整体中独立出来，竟构造得如此怪诞而奇特。充满悲戚的绿阴，俯拾皆是，紫杉、侧柏以其雄浑的黑色增益气势。我凝视这一片凄凉景色，内心深深感到震惊。院子中央，一块巨大无朋的岩石，相貌狰狞，岸然矗立于苍茫暮色之中，如梦如幻，仿佛一个神秘之谜。

七月亡灵节

这些纸锭就是给亡灵的钱币。人们还用薄薄的纸剪成许多人物、屋宇、动物。火化之后，让"神主"，死去的亡灵享用这些轻巧的模拟物品，亡灵到哪里，这些东西就随他到哪里。笛声导引着，大铜锣把众人聚集在一起，像一簇簇蜜蜂。四外漆黑，辉煌的火焰使人们感到平静，满足。沿着河岸，许多小船装点得停停当当，等待着夜幕降临。一根竹竿的顶端上系着一块大红布。兴许是连接在色晕如纸的天空上，河水在这个转弯处改了道，兴许是在堆积得厚厚实实的絮云下面，河流静静地汗漫开来，愈加宽广。船头上熊熊地燃烧着火龙，悬挂在桅杆上的无数灯笼的彩花摇晃不定，灼亮的火把染红了整个夜空，就好像有人手擎巨烛进入一个偌大的房间，把空虚肃默的幽灵照得通亮。这时，信号已经发出，笛声悠扬，锣钹喧天，爆竹不停地噼啪作响，船上的三个水手却摇起长长的木橹。船开动了，拐了个弯，在船后泛起的波纹里留下一串串火花：有时还撒下几盏小灯。微光缥缈，在昏暗而宽广的流水中闪烁了一下，就熄灭了。一只手臂攥着片片金纸的火把在烟雾中熔化，点点光芒，随即坠入水中。空幻的蓦然发出的光辉像游鱼似的迷惑住冰凉的溺水者。河上有不少张灯结彩的小船来来往往；可以听见远方有几下爆炸的声音，那战船上两个号角，精彩地竞相演奏乐曲，突然一记鸣响，这是通知：现在是熄灭灯火的时候了。

迟迟没有回家的外乡人，坐在靠背椅上默默地凝视着，广阔开朗的夜空像一卷地图似的展现在他面前，他将会听到装载着香客的船归来吧。那些船上的风灯都已熄灭，尖厉的唢呐已经寂无声息，可是繁弦促节的响板在咚咚鼓声的配合下，悲凉的金属乐器仍然继续跃动着，发出嘈杂的声音。谁还在敲敲打打呢？这声音响了一阵，又渐渐弱下去，终于消歇；随后又响起来。有时这阵喧闹仿佛无数急躁不耐的手敲击着两个世界之间的簧板，有时乐器一下一下庄严地撞击着。船沿着河岸和许多停泊的船边驶过，渐渐靠拢，闯入专供吸食鸦片的疍船那份浓烈的氤氲之中。这就在我脚下。我什么也看不见，只是听见本来早已沉寂了的哀乐在这沉沉夜色中又大大轰响起来，远远的，像群犬号叫。

　　这是七月节，此时大地已进入休眠状态。

　　路上，拉车的都拿几把香和几支小红蜡烛插在地上，在他们双脚之间。该回去了：明晚我还将到这儿来，坐在原来的地方。万籁无声，仿佛一个失去双目的死人沉入了海底，又听见阴郁的金钹、铁鼓的喧哗，轰然一声，震耳欲聋。

作者简介

普鲁斯特

(1871－1922)

法国小说家，意识流小说的先驱与大师。成名作是《追忆似水年华》。

忧郁转瞬即逝的效应

对于那些给我们带来幸福的人我们不胜感激，他们是让我们的灵魂开花结果的可爱园丁。然而，对于那些气势汹汹或者冷若冰霜的女人，对于那些给我们带来忧愁的残忍的朋友，我们更加感激。他们践踏了我们那如今布满难以拼合的碎片的心灵，他们连根拔起树桩，损坏最娇嫩的树枝，就像一阵凄凉的风，却又为某个未知的收获季节播下了几颗良种。

他们摧毁了所有掩盖在我们巨大痛苦之上的小小幸福，让我们的心灵陷入一种忧郁的不毛之地，同时又准许我们对此加以思索和判断。忧伤的碎片给我们带来一种类似的好处；只有高高凌驾于快乐之上才能把握这些愚弄而不是满足我们饥饿的快乐：给予我们营养的面包又苦又涩。在幸福的生活中，我们的同类的命运在我们看来并不现实，利害关系给他们罩上了面具，欲望改变了他们的面貌。然而，其他人和我们自己的命运终于在伴随痛苦而来的超脱之中，在生活和对痛苦的美的感情之中，使我们专注的灵魂听见了义务和真理那种听不见的永恒话语。一个真正的艺术家在忧郁的作品中借用那些痛苦的人的语气跟我们说话，这些人迫使每个痛苦的人放下其余的一切去聆听他们的诉说。

可惜啊！由感情带来，由这个任性的家伙引起的这种使忧伤高于快乐的东西不像德行那样经久不衰。昨天晚上，悲剧还让我们如此升华，我们怀着一种明智而又真诚的同情从悲剧的主题和现实意义中反思我们自己的生活，而今天早晨我们却把它忘得干干净净。也许，一年之后，对一个女人的背叛、一位朋友的死会给我们带来安慰。风在梦的残骸之中，在枯萎的幸福的凋零之中把良种播撒在眼泪的波涛底下，而眼泪不等种子发芽就会很快干枯。

作者简介

让·科克托

(1889-1963)

法国先锋派作家,艺术家。著有诗集《好望角》、《明暗》、《安魂曲》,剧本《俄狄浦斯》、《圆桌骑士》、《酒神巴克斯》,小说《波托马克》、《调皮捣蛋的孩子们》以及散文集《职业的秘密》、《无名氏日记》等。

死 亡

在这间我希望让自己安息的房间里,我需要清楚地认识自己。我切断了和巴黎的一切通信。有人帮我拆信,只把必要的信件带给我,我不与任何人联系。我的荨麻疹苏醒了,我再次发现它喜欢自己健康的状态,也很享受我枯燥的生活,我的手臂、胸部和前额灼热。既然它的病因与哮喘的病因一样,我可能没有康复的机会了,只能期待发作之后会有缓和。我避免阳光,尽管我那么想待在阳光下,我走在阴影里。其他的时间,我关在房间里,或写作或阅读。寂寞把我逼成鲁滨孙,我在自己身体上勘探他的岛屿。不用任何我没有的智慧,只凭借我的勇敢,让我坚持下来。

我无法坚持一条道路,我的行动都是一时兴起,我无法长时间地追随某个思路。如果需要我靠近它并且快速抓住它的话,我宁愿让它逃跑,我一生都是这样围猎,无法做得更好。偏偏是这种方法欺骗了世人,把我偶然的运气视为灵巧,把我的失误视为计谋。没有任何一个人会像我一样,遭受那么多误解,被那么多人爱,被那么多人恨。因为,如果他们眼中的我激怒了远远评判我的人,那么,靠近我的人就像那位怀疑一头野兽的美女,她最终发现这头善良的野兽不过是想进入她的心扉。

我可以说，我最温柔的友情正是源于这个反差。

我的传奇使愚蠢的人走开，而智者又怀疑我，在这两者之间我还能找到什么？像我一样飘零的人，地址换得比衬衣还快，付出昂贵的代价获得在自己的领土上居留的权利。这是为什么我的孤独从来不表现为沉默，我只出现在阅兵式或报纸杂志上。我接受与这样的人相处：他们住在我流浪的大篷车中，却又摧毁它，对他们，我做了最坏的打算，他们只想让我更悲惨。

像所有流浪的人一样，我疯狂地想拥有自己的产业，这令我烦恼。我在乡下找房子，凡是我看中的，要不是房东拒绝卖给我——我着迷的程度让他意识到房子的价值，要不就是卖得太贵。

在巴黎，我没有见到一处适合我的房子，人们向我推荐的套间让我紧张，我希望房子可以对我说："我一直在等您。"

我坚持相信不可能的事情能够发生，我把自己关在洞穴中。"我感到一种存在之难"，这是冯特内尔的回答。他快满百岁，在垂危的时候，他的医生问他："冯特内尔先生，您觉得怎么样？"只是他的存在之难是在生命最后的时候，而我的是自始至终。

自由自在地生活应该是一个梦吧。打出生开始，我的装备就不令人满意，我从不曾健康。说到认识自我，这就是我的总结。可怜的我并没有待在房间里，而是到处旅行，从十五岁开始，我就没有停下过一分钟。有时候，我会碰到一个对我以"你"相称的人，但我想不起他是谁。直到有一只从远处伸来的手，突然从黑暗中揪出构成某个情节的一切背景，他在其中扮演的角色和我在其中扮演的角色。我早把这一切忘得干干净净。曾经，我和许多事情纠缠在一起，我会突然想起五十件事情，而不是一件。深海的暗涌把我推出水面，就像圣经中说的那样，夹裹着海底的一切。不要以为那些漫长的岁月只留给我们轻浅的印记，所有的细节都还在。这是为什么，当我挖掘过去的岁月，我所寻找到的总附着周围的泥土。如果我寻找日期、对话、地点、事件，我会重叠、交错、模糊、前进、后退，我会什么都不知道。

  我最重要的事情是生活在自己的当下。我不以为我的当下会比别人的更快，但它更符合我的兴趣。我的当下取消了时间，我可以与德拉克洛瓦与波德莱尔交谈。它允许我在马赛尔·普鲁斯特还是无名小卒的时候把他视为名人，允许我尊重他，如同他已经取得了令自己欣慰的荣耀。当我一旦发现摆脱时间的控制成为自己的特权——现在想争取其他的特权已经太晚了，我就尽可能地运用它，沉浸其中。

  但是，突然，我睁开一只眼睛，我发现为了做到什么都不想，我采取了一种最糟糕的办法。这些琐碎的工作让我疲惫，它们束缚我吞噬我，我行动起来去做其他的事情。我的固执源于我的天性，我是自己的奴隶，我甚至混淆了正当防卫的本能所激起的反抗和可恨的旅行癖。

  现在，我知道节奏了，一旦我睁开一只眼睛，我就闭上另一只，我拼命逃跑。

热爱生命

作者简介

高尔基

(1868 – 1936)

俄国作家、社会活动家。代表作有自传体三部曲《童年》、《在人间》、《我的大学》。

火绒草

皑皑冰雪永远覆盖着阿尔卑斯高高的山脊，严寒和沉寂——那巍巍高峰睿智的缄默统治着这里的一切。

绝顶之上是遥远的蓝天，仿佛有无数忧郁的目光，眨闪在冰雪峰巅。

山坡下，密密的平畴中，生活在激动和不安里成长；人类，这疲惫不堪的大地的主人正蒙受着苦难。

在黑沉沉的大地深渊之中——呻吟、欢笑、怒吼，还有爱的絮语——一切尘世所有的音响混杂在一起。而沉静的群峰，冷漠的星汉，却始终无动于衷地面对着人类沉重的叹息。

皑皑冰雪永远覆盖着阿尔卑斯高高的山脊，严寒和沉寂——那巍巍高峰睿智的缄默统治着这里的一切。

仿佛为了诉说大地的不幸和疲惫不堪的人类的苦难——冰山脚下，在那亘古无声的静穆王国，孤零零地长出了一棵小小的火绒草。

在它的头上，在那遥远的蓝天里，庄严的太阳在运转，忧郁的月亮在默默地照耀，无声的星星在发光，在燃烧……

冰冷的沉寂之幕徐徐垂下，日夜拥抱着这唯一的火绒草。

作者简介

陶菲格·哈基姆

(1898–1988)

埃及小说家、戏剧家。代表作是自传体长篇小说《灵魂归来》。

人（节选）

……每当我心力交瘁的时刻，那如烟的往事便在我记忆中浮现，使我不禁心灰意冷，而我的思想则有如秋天冷漠无情的太阳，照耀着混乱不堪的尘寰，在杂乱无章的尘世上空不祥地盘旋，无力继续上升，更无力向前飞翔。每当我处于这心力交瘁的艰难时刻，我总要把人的雄伟形象呼唤到我的面前。

人啊！我脑中仿佛升起一轮太阳，人就在这耀眼的阳光中从容不迫地迈步向前！不断向上！悲剧般完美的人啊！

我看见他高傲的前额、豪放而深邃的目光，眸子里闪耀着大无畏的思想的光辉，雄伟的力的光辉，这力量能在人们疲惫颓唐的时刻创造神灵，又能在人们精神振奋的时代把神灵推翻。

他置身在荒凉的宇宙之中，独自站立在那以不可企及的速度向无垠空间的深处疾驰而去的一块土地上，苦苦地琢磨着一个令人痛苦的问题："我为什么存在？"——他英勇地迈步向前！不断向上！他要把沿途遇到的人间和天上的一切奥秘通通揭开。

他一面前进，一面用心血浇灌他那艰难、孤独而又豪迈的征途，用胸中灼热的鲜血创造出永不凋谢的诗歌的花朵，他巧妙地把发自不安的心灵中的苦闷呼声谱成乐曲，他根据自身的经验创造科学，每走一步都要把人生装点得更加美好，就像太阳那样慷慨地用它的光芒把大地普照。他不停地运动，不断向上，迈步向前！他是大地

上一颗指路的明星……

他凭借的只是思想的力量,这思想时而迅如闪电,时而静若寒剑——自由而高傲的人远远地走在众人的前面,高踞于生活之上,独自置身在生活之谜当中,独自陷入不可胜数的谬误之间……这一切都像磐石一般压在他高傲的心头,伤害他的心灵,折磨他的大脑,使他感到羞愧难当,呼唤他去把一切谬误消灭光。

他在前进!种种本能在他的胸中喧嚣:自尊心令人讨厌地发着牢骚;七情六欲像藤蔓一般把心儿紧紧缠绕,吸吮他的热血,大声要求向它们的力量让步……喜怒哀乐都想控制他;一切都渴望成为他灵魂的主宰。

形形色色的生活琐事犹如路上的污泥,使他步履蹒跚。

就像一颗颗的行星围绕着太阳,人的创造精神的各种产物也把他层层围绕:他的爱情永远不知餍足,友谊步履蹒跚,远远跟在他的身后,希望疲倦地走在他的前面;而那满脸怒容的憎恨,他手上那副忍耐的镣铐正在叮当作响,可信仰正用乌黑的眸子凝视他焦虑不安的面庞,等待他投入自己宁静的怀抱……

他了解自己这一群可悲的侍从——他的创造精神的各种产物都是畸形的,不完善的,蹩脚的。

它们穿着旧真理的破衣烂衫,被种种偏见的毒药所残害,怀着敌意跟在思想后面,总也赶不上思想的飞跃,就像乌鸦追不上雄鹰的翱翔。它们同思想争论着谁该领先,却很难同思想融成一股富有创造力的熊熊火焰。

这儿还有人的一个永恒的旅伴,那无声无息而又神秘莫测的死亡,它时刻准备亲吻他那颗炽热的渴望生活的心。

他了解自己这一群永生的侍从,最后,他还了解一个产物——疯狂……

长了翅膀的疯狂像一股强大的旋风,它用充满敌意的目光注视着人,竭力鼓动思想,硬要拖她去参加它野蛮的舞蹈……

只有思想是人的女友,他唯独同她永不分手,只有思想的光焰才能照亮他路上遇到的障碍，揭示人生的谜，揭开大自然的重重奥秘，解除他心中漆黑一团的混乱。

思想是人的自由女友，她到处用锐利的目光观察一切，并毫不留情地阐明一切：

"希望是怯弱无力的，而躲在她后面的是她的亲姐姐——谎言；谎言穿着盛装，打扮得花枝招展，时刻准备用花言巧语去安慰并欺骗所有的人。"

思想在友谊那颗脆弱的心里看到它的谨小慎微，它的冷酷而空虚的好奇心，还看到嫉妒心的腐朽的斑点，以及从那里滋生出来的诽谤的萌芽。

思想看到凶恶的憎恨的力量，她明白，如果摘下憎恨所戴的手铐，它将毁灭世上的一切，甚至连正义的萌芽也不放过。

思想发现呆板的信仰拼命地攫取无限的权力，以便奴役一切感情，它藏着一双无恶不作的利爪，它沉重的双翼软弱无力，它空虚的眼睛视而不见。

思想还要同死亡搏斗。思想把动物造就成人，创造了神灵，创造了哲学体系以及揭示世界之谜的钥匙——科学。自由而不朽的思想憎恶并敌视死亡——这毫无用处却往往那么愚昧而残暴的力量。

死亡对于思想就像一个拾荒者，他徘徊在房前屋后、墙角路旁，把破旧、腐烂、无用的废物收进他那龌龊的口袋，有时也厚颜无耻地偷窃健康而结实的东西。

死亡散发着腐烂的臭气，冷漠无情、难以捉摸，永远像一个严峻而凶恶的谜站立在人的面前，思想不无妒意地研究着她。但那善于创造、像太阳一样明亮的思想，充满了狂人般的胆量，她骄傲地意识到自己将永垂不朽……

斗志昂扬的人就这样迈开大步，穿过人生之谜构成的骇人的黑雾，迈步向前！不断向上！永远向前！不断向上！

贝壳小记

弗朗西斯·蓬热（1899－1988）法国当代诗人，评论家。主要作品有《采取事物的立场》、《大诗集》、《卷一》、《当代作坊》、《新新诗歌集》等。

一枚贝壳是一件小东西，我把它拖回到沙滩上。然后我抓一把沙子，在这些沙子从我的指缝里几乎漏光了的时候，观察留在我手里的那一点点。我看到几粒沙，然后每一粒沙，那时，再也没有一粒沙对我来说是一件小东西了，而那具有形式的贝壳，那牡蛎或是赝造的冠冕或是竹蛏的壳，给我的印象就像是一座宏伟的纪念碑，既巨大又珍贵，有如吴哥的庙宇、圣马克罗或是金字塔，而且比这些过于明显的人类创造物具有奇特得多的意义。

我想：要是这枚贝壳中（一阵海浪无疑会重新把它淹没）有一只动物在蜗居，并想象它被放回到几厘米深的水下，我的印象将会发生变化，变得不同于此刻我用想象描绘的最出众的纪念碑所能引起的印象。

人类的纪念碑类似他的巨大的无肉的骨骼：它们不能使人想起适合于它们的寓居者。最巨大的教堂只是听任一群蝼蚁出来，即使是为一个人建造的别墅或是最豪华的府邸，与其说可与有着众多小室的蜂窝或蚁巢相比拟，不如说可与一枚贝壳相比拟。主人离开住宅时他所造成的印象一定不如寄居蟹中并将它奇异的钳露出壮丽的角口时所造成的印象。

我乐于把罗马或尼姆看作是散在的骨骼——这儿是胫骨，那儿是头骨——一个古代的热闹的城市的骨骼，一个古代人的骨骼，然而这样我就得想象出一个巨大的庞然大物，有肉有骨，它确实并不符合于我们从教给我们的事物中能够合理地推想出的任何东西，即使借助于

表达力的宽容使之成为像罗马人或普罗旺斯民众那样非凡之物。

我会多么喜欢有一天我能稍稍明白：这样的一个庞然大物确实是存在的，我使之成形的，这幽灵般的、纯然抽象的、难以置信的幻象，应该以某种方式来喂养它！开始捉摸它的面颊，它的手臂的形状，以及它怎样沿着躯体放置它的手臂。我们有这贝壳便有了那一切：我们有具有肉体的贝壳，我们并未离开自然：软体动物和甲壳动物就在那儿。从那里，一种焦虑不安使我们的快乐增加十倍。

我不知道我为什么要祝愿那个人，祝愿那些巨大的纪念碑，它们仅仅证明那个人的想象和他的躯体之间的可笑的不相称（或者证明他在社会或群体中的卑劣的习性），那些纪念碑并不是一些和他大小相仿或稍稍大些的雕像（我想到的是米开朗琪罗的《大卫》）。人类应该雕刻各种洞穴、适合于他自己的甲壳（从这个观点看来，黑人的棚屋完全使我感到满意），他应该把他的才华用于调整，而不是用于不相称，至少，才华应该识别维持它的躯体的界限。

我甚至不赞赏那些人，像埃及的法老，他们使大众为一个人去建造纪念碑。我希望他让这些大众去从事一项不大于或不太大于他自己的躯体的工程，或者更值得加以赞美的是，他用自己的工作的特色来证明他比别人优越。

从这一观点看来，我首先赞美某些有节制的作家和音乐家：巴赫、拉摩、马莱卜、贺拉斯、马拉美——这些作家超过所有其他的人，因为他们的纪念碑是用软体动物的真正平凡的分泌物，是用和他的躯体最相称最适合的东西造成的，我想说的是言词。

啊，图书的卢浮宫，在我们的种族灭绝之后，在地球居住的可能是另一些客人，例如一些猴子，或是一些鸟类，或是一些优越的生物，如同甲壳动物在赝造的冠冕中代替软体动物。然后，在整个动物界灭绝之后，空气和微粒的沙子仍将在地面上闪耀着和磨灭着，并得在光彩中分解，啊，不孕的微尘，啊，闪耀的残屑，虽则无穷无尽地在空气和海的轧机中搅拌和研磨，然而最后！人们不再在那儿，用沙子再也不能组成什么，连一棵草也没有，而这就是结束！

作者简介

伊凡·布宁

(1870-1953)

俄国作家。代表作有自传体长篇小说《阿尔谢尼耶夫的一生》，短篇小说《米佳的爱情》、《中暑》、《三个卢布》、《幽蝉的小径》和《乌鸦》。

狼

那是个温暖的八月的夜晚，黑暗中只勉强看得见多云的天上有些许微弱的星光。在田间一条尘土很厚、因而变得软和无声的大路上驶着一辆大车，大车上坐着一对青年男女。男的是个中学生，女的是某小地主家的千金小姐。天边阴沉沉的，闪光不时显现出两匹鬃毛凌乱、挽具很不讲究，正以均匀的步伐跑着的干活的马，还有车夫座上那个穿麻布衬衫的小伙子的便帽和肩膀，而且在一瞬间照亮了前面收过庄稼的田亩，以及远方的一片凄凉的小树林。

昨天傍晚时分，村里人喧狗吠地闹腾了一阵。原来是家家户户吃晚饭的时候，有一只狼竟斗胆钻到宅院里来咬死了一只绵羊，并且差点把它叼走。幸亏男人们听见狗叫，提起棍子及时赶到，夺下那只羊，它已被咬死，肠开肚破了。此刻这位小姐正神经质地大笑，同时划着一根又一根火柴扔到黑暗中去，口里快活地高声喊着："我怕狼！"

划着的火柴照亮了中学生那张有些粗蠢的长脸和小姐的兴奋的宽脸盘儿。小姐头上按小俄罗斯人的方式严严地包着一条红头巾，身上穿一件大开领红印花布连衣裙，露出圆浑健壮的脖颈。马儿跑着，大车摇来晃去，小姐把一根根火柴划着了扔进黑暗中，仿佛并未觉察那中学生正搂着她吻她的脖子和脸颊，寻找着她的嘴唇。她用胳膊肘儿推开他。他呢，考虑到车夫座上还有个小伙子，故意提高嗓门随随便便地对她说：

"把火柴还给我，等会儿我没法抽烟了。"

"就不给，就不给！"她一面嚷一面又划着了一根，随后眼前那温暖的黑暗就变得更浓了，使人觉得车轮总向后转。她终于让他长长地吻了一下嘴唇，这时他俩突然给甩了一下，像是大车撞到什么东西上了，而赶车的小伙子猛地勒住了马。

"有狼！"他大喊道。

右边远处有火光映入眼帘。大车就停在起先由天边的闪光不时地照亮的那片小树林对面。在远处火光的映衬下，这小树林显得很黑，而且在颤动；小树林前面的田地也在冲向天空的火苗造成的摇曳的暗红色光影中颤动着。那火虽然在远处烧，却起劲地吐着滚滚黑烟，似乎离大车只有一俄里之遥，而且越烧越炽烈，只见高上去，向两边蔓延开来，它的热浪似乎已触到了脸颊、双手，甚至可以看见着火的屋顶的通红的骨架悬在漆黑的地上。而在一堵墙似的树林跟前站着三只染上深红色的大灰狼，它们的眼睛里时而闪着有穿透力的绿光，时而闪着透明透亮、有如滚烫的红果酱一般的红光。两匹马大声地打了个响鼻就发狂似的向左边的耕地奔突，赶车的小伙子向后紧拉缰绳，大车在新翻耕起来的土地上颠簸着碾过去，吱吱嘎嘎响得厉害……

在山沟上面某个地方，马儿又乱蹿起来。这回是她跳起身来，及时夺过那吓得发傻的小伙子手里的缰绳。她向车夫座上冲过去的时候，不知被什么铁器划破了脸，她的嘴角上便终生留下一道细细的伤痕。当别人问她这是怎么回事的时候，她总是得意地微笑。

"那是很久以前的事啦！"她说，脑海里又浮现出很久以前那个夏天，八月间干燥的白天和漆黑的夜晚，打谷场上的忙碌，香气扑鼻的新麦草垛和那个不刮胡子的中学生——她和他夜夜躺在麦草垛里看流星划出的瞬间即逝的耀眼的光弧。"马叫狼惊得飞跑,"她说,"我那时候性子烈,天不怕地不怕,冲上去拉马……"

她后来爱过的人,不止一个,都说没有什么比这伤痕更可爱的了,它就像一丝永恒的微笑。

作者简介

帕乌斯托夫斯基

(1892 – 1968)

俄国作家。主要作品有《伊萨克·列维坦》、《塔拉斯·谢甫琴柯》、《北方故事》等。

黄 光

一觉醒来,是灰蒙蒙的早晨。房间里一派均匀的黄光,仿佛点了一盏煤油灯。这光来自窗外,是从下往上的,因此把原木做的天花板照得最亮。

这奇怪的光暗淡而静止,不像太阳光。这是秋叶发出来的。一个漫漫长夜,寒风凄紧,干枯的树叶凋落了,成堆地积在地上,瑟瑟有声,发出了淡淡的光。让这光一照,人的面孔像是被太阳晒黑了,而桌上摊开的书页,仿佛给涂上一层蜡。

秋天便这样来了。对我说来,它是这天早晨一下子来的。在此以前,我几乎毫无察觉,因为花园里还闻不到腐草的气味,湖水还没有变绿,木板房顶上清晨时分还没有铺上严霜。

秋天突然地来了。正像遇上一件最不起眼的小事——或是听见奥卡河上远远传来一声轮船的汽笛,或是见到意外的一脸微笑——心中往往便也这样突然生出幸福之感一样。

秋天骤然来临,便主宰了大地——花园和河流,森林和空气,田野和禽鸟,万物都一下子成为秋天的了。

花园里,青鸟异常忙碌,它们的叫声好像玻璃破碎的声音。它

们停在树枝上，低下脑袋，从槭树叶底下窥视着窗内动静。

每天早晨，花园就好比一座孤岛，里面聚集着种种候鸟。枝叶间啾啾唧唧，叽叽喳喳，一片繁忙。只有到了白天，花园里才悄无声息：不安生的鸟儿往南方飞了。

树木开始凋零了。黄叶日夜不停地落，时而随风斜飞，时而垂直掉在潮湿的草上。落叶纷纷，有如潇潇雨下。这场雨要下好几个星期。至九月底小树林才秃光，那时从密密的树木之间，就可见到远方青色的收割过的田野。

也就在那时，一位以打鱼和编筐为生的老人（在索洛恰，几乎所有老人都因年龄关系而从事编筐营生），名叫普罗霍尔，给我讲了一个秋天的故事。在此以前我从未听过这个故事——也许那是普罗霍尔自己编的。

"你瞧周围，"普罗霍尔对我说，一边用锥子修理树皮鞋，"你琢磨琢磨吧，亲爱的，每只鸟，或者别的什么小动物，能够活着，都跟什么事儿最有关。你来讲个明白吧。要不然，人家会说你白学了。比如秋天树叶会掉，可人就是没想到，在这件事儿上头，人是要担主要责任的。再说，人又发明了火药。要那火药干什么呀！我自己也玩过火药。老早的时候，乡下铁匠打出了第一枝枪，装上了火药，这支枪落到了一个蠢货手里。那蠢货在树林里走，看见黄莺在天上飞，金黄金黄的，快快活活，呖呖地叫，你来我往亲亲热热。蠢货用双筒枪打它们，金黄的绒毛飘到地上，落到树上，树叶就干了、萎了，一下子全掉了。另外一些树叶，沾上鸟血的，变成红色，也都掉了。你在树林里总是见过的，树叶有黄的，也有红的。在那以前，什么鸟儿都在我们这儿过冬，就连仙鹤也哪儿都不去。不论夏天冬天，树林里都是叶茂，花盛，蘑菇多。雪也没有。"没有冬天？"我说。"没有！请问，我们要冬天干什么呢？冬天有什么好处呢？那蠢货打死了第一只鸟，大地就苦了。打那开始，就有了落叶，有潮湿的秋天，有刮落树叶的风，有冬天了。鸟儿也害怕了，离开我们飞了，生人的气了。可不是，亲爱的，到头来是我们害了自己，所以我们什么都不该破坏，要切切实实保护好。"

"保护什么呢？"

"比方说，各种各样的鸟儿啊。还有树林。还有水，要让水永远清清凌凌的。老兄，什么都得保护，要不你就会怠慢了大地，总有一天会自我毁灭。"

我长期锲而不舍地研究秋天。为了能真正有所发现，必须要让自己相信，你所遇到的景象是生平第一次看到的。拿秋天来说，也是如此。我让自己确信，今年秋天是我一生中第一个也是最后一个秋天了。这就能使我更加细心地去观察它，于是就看到了我从前并未发现的许多东西。而从前的秋天，不过是一年一度，没有留下任何痕迹，只记得处处泥泞和莫斯科潮湿的屋顶而已。

我发觉，秋天把大地上存在的全部纯净的颜色都混合起来，再把苍茫的大地和天空当作画布，画了上去。

我看见树叶不仅有金黄的和紫红的，还有鲜红的、紫的、棕的、黑的、灰的、近白的。因为秋天空中总有一片凝止不动的雾气，那种种颜色就显得特别的柔和。一旦下雨，却又一改柔和，变得光艳映人了。云翳的天空，仍然投下足够的亮光，使远处湿漉漉的树林犹如着了火一般，呈现一片深红色。

在密密的松树林中，白桦树的叶子仿佛包上金箔，冷得瑟瑟发抖。斧头砍伐的回声，远处农妇的呼喊，鸟儿飞过时翅膀扇起的风，都会使这树叶颤动。树干周围地上有好大一圈落叶。树木总是从下面开始发黄的，我看见山杨树下面是红的，树冠上却还全然是绿的。

有一年秋天，我在普罗尔瓦河上划船。那是中午，太阳低低地挂在南边，它的斜光落在黑幽幽的水面上，又从水面反射上来。木桨荡起水波，水波反射的一道道太阳的反光有节奏地顺着河岸迅速移动，并离开水面，熄灭在树梢。这反光直透进草丛和灌木丛，使得河岸霎时间闪出千百种颜色，仿佛阳光突然照亮了五颜六色的冲积矿床。反光时而照出黑亮黑亮的草茎和它上面橙黄色的干浆果,时而照出仿佛喷了白垩的蛤蟆菌的火红色菌头,时而照出压瓷实了的成块的积年柞树叶和花大姐的红背。

秋天里,我常常聚精会神地观察飘落的树叶,一心想捉住叶子脱离树枝、开始坠落地面时那个不易察觉的一刹那。可惜长期没有如愿。我在一些老书中看到过,说树叶落下来时如何窸窣声,可是我从来没有听见过这种声音。如果说窸窸窣窣响,那只有在地上,遭人脚踩的时候。说树叶在空中发出声响,在我看来就同讲春天里可以听见青草生长一样不符合事实。

当然啦,我是不对的。听惯了城市街道嘈杂声,耳朵变迟钝了。需要时间,让听觉休息一下,再去捕捉秋天大地上纯正而精微的声音。

一天晚上很晚了,我走到花园里的井边。我把昏暗的马灯放在井架上,打了一桶水。水桶里飘着树叶。树叶到处都有,哪儿也躲不开。面包房里买来的黑面包上也黏着潮湿的树叶。风把树叶纷纷吹到桌子上、床上、地板上、书上。在花园小径上走路也费劲:得踩着树叶走,像在深雪中行进似的。就在雨衣的口袋里、鸭舌帽里、头发里,也处处都会发现有树叶。我们睡在树叶上,浑身熏出一股树叶的清香。

秋季的夜间,常常是万籁俱寂,在遍布树林的一片黑黢黢地一丝风,只有村边栅栏那儿传来看守人的梆子声。

正好在这样一个夜里,马灯照亮了水井,映出了栅栏旁边的老槭树和发黄的花坛上被风吹乱了的金莲花丛。

我看了看槭树,只见一张红叶小心地、慢慢地脱离树枝,抖动一下,在空中停留瞬间,然后发出轻微的窸窣声,飘飘摇摇,向我的脚下斜落下来。我,第一次听见了落叶的窸窣声,含糊不清,犹如幼儿的耳语。

夜深人静,四顾悄然,满天星光亮得几乎令人炫目。这秋天的星斗，在水桶里和农舍的小窗上，像在天上一样炯炯放光。

英仙座和猎户座在大地上空款款而行，在湖水上不住颤动，在野狼昏睡的树丛中黯然失色，又在斯塔里察河和普罗尔瓦河浅水处入睡的鱼儿鳞片上反射出亮光。

黎明时分，绿色的天狼星亮了起来，它那低低的光波总在袅袅柳丝间显得扑朔迷离。木星在草地上黑压压的草垛和潮湿的道路上空闲行。土星从另一边天的森林后面升起，那里的森林秋天里被人遗忘、冷落了。

流星的寒光不时划破夜空。在大地之上，在芦苇的萧瑟声中，在秋水的浓烈气味中，星夜渐渐地消逝。

暮秋时候，我在普罗尔瓦河边遇见了普罗霍尔。他一头乱蓬蓬的白发，手上粘满鱼鳞，坐在杞柳丛下面钓鲈鱼。他看上去不会少于一百岁，他张开没有牙的嘴，微微一笑，从小筐子拿出一条肥大的发傻的鲈鱼，拍了拍肥肚子——炫耀他的猎物。

天晚以前，我们一起钓鱼，嚼又干又硬的面包，轻声闲谈不久前的一次林火。

那林火是先从洛普哈村附近的一块林中空地烧起来的，割草人在那儿生过篝火，后来忘了。正好赶上燥热风，火势以每小时二十公里的速度迅速向北蔓延，发出轰隆轰隆的巨响，好像有千百架飞机在作超低空飞行。

烟雾弥漫的空中，挂着一轮太阳，有如一只深红色的蜘蛛，停在紧密的灰色蜘蛛网上。烟气刺激眼睛，灰烬像雨似的慢慢落下，在河面盖上了灰蒙蒙的一层。有时烧焦了的白桦树叶从空而降，轻轻一碰便化为粉尘。

每到夜间，阴恶的火光在东方升腾，家家户户院内牛鸣马嘶，声音凄苦。地平线上亮起白晃晃的信号弹，那是灭火的红军部队在彼此通知火势的接近。

天色向晚，我们离开普罗尔瓦河回家。太阳在奥卡河那边沉落。

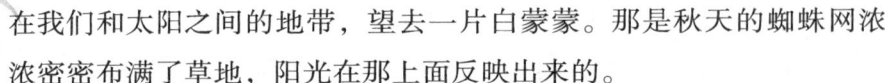

在我们和太阳之间的地带，望去一片白蒙蒙。那是秋天的蜘蛛网浓浓密密布满了草地，阳光在那上面反映出来的。

白天蛛丝在空中飘飞，缠绕在没有割的草上，像蚕丝一样粘到木桨上、人脸上、钓竿梢上、牛角上。可以从普罗尔瓦河的此岸拉到彼岸，慢慢在河上织出轻柔的有黏性的网。每逢清晨，蜘蛛网上还缀着露珠。柳树上缠了带露珠的蜘蛛网，经太阳一照，便像遥远国度移植到我们土地上来的童话中的树木。

每张网上停着一只蜘蛛，它是乘风织网的，它可以驾着网飞行数十公里。这是蜘蛛的迁飞，极像候鸟秋天迁飞。但是迄今谁也不明白，为什么蜘蛛每年秋天要迁飞，而把细细的蛛丝布满大地。

到家后，我洗去脸上的蜘蛛网，生上炉子。白桦树的烟味跟刺柏的气味混杂在一起。一只老蟋蟀唧唧而鸣，地板下的老鼠忙忙碌碌。它们往洞里搬运丰富的储备品——人忘了藏起的面包干、蜡烛头、糖和硬得像石头的小块干酪。

我深夜醒来。鸡啼两遍，星星一动不动地停在通常的地方，风在花园上空小心地喧响，耐心地等待着黎明的降临。

作者简介

索尔仁尼琴

(1918－2008)

俄国的杰出作家。代表作有长篇小说《1914年8月》、中篇小说《伊万·杰尼索维奇的一天》及自传兼特写性巨著《古拉格群岛》。

短文四篇

呼 吸

夜间落过一场小雨，此时仍有乌云在天上徘徊，不时还轻落几滴。

我站在一株苹果树下，一株鲜花盛开的苹果树下，我在呼吸。

不仅这株苹果树，就连四周的草地，都在雨后散发芬芳，一股莫名的甜蜜气息充盈着空气。我用整个的肺叶在汲取这气息，用全副的心胸在感受这芬芳，我在呼吸，在呼吸，时而睁开眼，时而又闭上眼，我也不知道，哪样更好。

如此的呼吸，呼吸于此地，——这也许就是自由，唯一的，然而却是最珍贵的自由，一种被监狱从我们身边夺走的自由。对我来说，世上任何的佳肴，任何的美酒，甚至连女人的吻，都不比这空气，不比这充满了花香、湿润和新鲜的空气更香甜。

虽然这只是一方被五层楼的兽笼压迫着的小小的花园。

我不再听见摩托车的刺耳、飞机的嘈杂、扬声器的嘟哝。只要还可以在雨后的苹果树下呼吸，那么，就还可以生活下去！

谢格登湖

无人写过这湖,也无人高声谈论过这湖。通向这湖的所有道路,如同通向神奇城堡的道路一样,全被封闭了,每条路的上方都悬着禁行标志,简简单单的一条横杠。

一个人或一只野兽,只要一看到行路上有这条横杠,就会转身而逃!是尘世的权力放置了这条横杠。这条横杠意味着:严禁驶过也严禁飞过,严禁走过也严禁爬过。

在路边的松林中埋伏着手持枪支的哨兵。

你在死寂的森林中徘徊,徘徊,在寻找通向湖泊的路,你寻找不到,也无人可问:人们吓坏了,谁也不去那片森林。你只能随母牛沉闷的叫声循羊肠小道在正午时分、在落雨日子里穿行。当那硕大的湖透过树干显现于你面前、而你尚未跑近它近旁时,你已明白了:世上的这一隅将让你钟爱一生。

谢格登湖是一个圆圆的湖,像是用圆规画出来的。如果你自此岸呼喊(但为了不被发觉你不能呼喊),能抵达彼岸的只是隐约的回声。湖很宽。岸边的森林环绕着湖泊。森林很齐整,一棵树连一棵树,树干一样地笔挺。走近水边,你可见封闭的湖岸四周的一切:那儿有黄色的沙滩,那儿丛生着灰白的芦苇,那儿铺展着油绿的嫩草。湖水平静,不见涟漪,岸边的一些地方漂着浮萍,没有浮萍的地方则是透明的白色,因为湖底是白色的。

封闭的湖水。封闭的森林。湖望着天空,天空望着湖。不知道这地球上还有些什么,看不见森林的上方是什么。就算有些什么,也与此处无干系,是多余的。

仿佛可以在这里终身落户……可让那震颤的空气似的灵魂在水与天之间流动,让纯净而深邃的思想不停地流淌。

但不行。一个残暴的公爵、斜眼的恶棍却攫取了湖泊:这便是他的别墅,他的游泳池。恶人们抓鱼,驾着小船打野鸭。起初,有青烟腾起在湖面上,后来则是枪声。

那边,森林之外,环绕的地区都很压抑。而这里,却无人妨碍他们,因为所有的道路都被封锁了,这里的鱼和野兽是专门分配给他们的。这便是痕迹:有人支起了篝火,又一些人先是熄灭了它,然后又驱散了它。

一个荒芜的湖。一个可爱的湖。

故乡……

雏 鸭

一只黄茸茸的小雏鸭,泛白的小肚皮可笑地蹭着湿漉漉的草地,纤细的脚掌几乎支撑不住身体,它在我面前来回跑动,不停地细声叫道:"我的妈妈在哪?我的伙伴在哪?"

其实,它根本没有妈妈,有的只是一只母鸡:主人把几枚鸭蛋放在它身下,母鸡坐在鸡蛋和鸭蛋上,一视同仁地孵着。

此时,要变天了,主人把它们的家——一个翻过来的无底的篮子,挪到了屋檐下,盖上一片麻袋。一窝鸡鸭都在那儿,只有这只雏鸭迷了路。喂,小家伙,到我掌上来。

究竟是什么在支撑着这个生命?分量极轻,一对黑眼睛像两颗小豆粒,脚爪纤细得像麻雀的爪子,只要将它轻轻一捏,就什么也没了。

与此同时,它又是暖呼呼的。粉红色的小嘴已能一张一合,脚爪上已生出薄蹼,毛色已经泛黄,毛茸茸的肩胛已突了出来。甚至连它与伙伴们不同的性格也都已表现了出来。

而我们,我们很快就将飞向火星。如今,如果大伙儿齐心协力,二十分钟之内我们就可以把整个世界翻耕一遍。

但这件事却永远做不到!以我们所有的原子力量,即便给我们羽毛和骨头,我们也永远无法在烧瓶中装配出这样一只没有分量的、幼小的、可怜兮兮的、黄茸茸的雏鸭来……

水中的倒影

在水流涌动的水面,无论是远还是近的倒影全都辨认不出,即便水流清澈,即便水流上没有泡沫,——在经常涌动的水面,在永不休止的水的替换中,倒影是不真实的、不清晰的、难以理解的。

只有当水流穿过一道又一道河抵达一片安静、开阔的海湾,或是在小河湾中驻足,或是在水波不兴的小湖中安卧,——只有在这些地方,我们才能在镜子般的水面上看到岸边树木上的每一枚叶子,淡淡白云中的每一抹云絮和天空那丰满而又蔚蓝的深处。

此亦似君,此亦如吾。如果说,我们百般努力,至今仍未看见、仍未观照到不朽的、清晰的真理,这也许正是因为,我们还正在向某处运动,我们还正在生活?……

作者简介

邦达列夫

(1924 -)

俄国作家。主要作品有长篇小说《岸》、《选择》、《人生舞台》,中短篇作品《两个营请求火力支援》、《打伞的女人》等。

星星和地球

我深夜醒来了。这是由于车轮的狂奔和隆隆声,由于卧铺的咯吱声,由于半开着的包厢门的颤动声——在我头上还刮着一股尖厉的过堂风。

车厢过道和包厢里一片漆黑:我睁着眼睛躺了好久,在黑暗中估量着黑乎乎的正方形窗口,窗外的一切都无法察觉,像通常夜间一样四周寂静无声,在这无边无际的、神秘的、像黑暗一样不可思议的宇宙中间,使人难以弄清楚是草原还是森林正在窗外掠过。

后来,在窗外天空的空隙外,突然闪现出一颗蓝色的孤星,像是一种天外的火光。

列车没有减缓速度,照常疾驰着,各种景物的影子继续消失在不见地面灯火的秋季夜间里,那颗蓝色孤星在那不可思议的高空中是看不见这列火车的,因为它闪烁在距离地球极为遥远的冰冷的茫茫宇宙之中。

那颗星星在它那高傲的可望而不可即的高空,跟列车并排浮动,用它那闪亮的、毛茸茸的末梢触动着昏暗的太空。我目不转睛地望着那颗星星,心情喜悦既而又惊恐。惊恐是由于尚未猜到存在于智能之外的某些规律,这些规律不知为什么常常无情地把永恒压缩为一瞬间，又把一瞬间拉长为永恒。"这是否意味着，永恒——就是生存，瞬间——就是毁灭？……"

　　使我感到可怕的是，在这些规律面前，一切东西都软弱无力：生命、爱情、艺术以及地球——处于吓人的、不可知的无边海洋中的这个适于居住的舒适的小岛本身。如果地球知道自己终将在某一天毁灭（这天已经写进世界规律的令人失望的最后一章），它该会感到多么孤独和危险啊！全世界的钟表指针为何要合拢、停顿，接着又重新走动呢？也许在这种不幸的不公平中存在着一种严格而公正的法律？而这又是为了什么呢？看来，这些问题的答案已经写进了任何人永远也读不完的那本伟大的书里。就像一个人不可能耍弄、欺骗和逃脱自己的命运，同样也不可能改变和阻止世界上时间的运转，不能够回避它，不能够自命不凡地想延长寿命就可以使钟表的指针倒转。

　　我又想象到，如果从那个秋夜孤星的高处观看我们的地球，所看到的将会是个什么样子，它会像一粒渺小的蔚蓝色尘屑，又像一艘空中飞船，正在穿越紫色冷空和星光的深处，正在穿越陨石闪闪发光的雾境；我想象着飞船的脆弱、它的弱点、它那有限的水源和食物储备，一想到它在宇宙面前那种孤立无援的境况，就顿时胆战心惊。

　　如果这艘飞船上的每个船员都认识到前面就是死礁，一旦跟它相撞，由森林、河流、海洋、雨露、晚霞、绿草、美丽的城市、纪念碑、教堂、汽车、书籍、名画，即由人类思想的才能和人的双手创造的一切所组成的飞船那美好的躯体，就将粉身碎骨，就会化为乌有；如果每个人哪怕只用一分钟来想一想地球时代很快就将过去，那么人们就不会人为地让自己的飞船摇来晃去，就会不再用自然物质裂变的魔力在船底上打洞，更不会像自杀者那样鬼迷心窍地用凶狠和仇恨的刀子来割裂那绷紧的船帆，甚至不惜洒上自己的鲜血。

　　难道人们永远不会明白，地球应当是他们的一艘清洁、明亮的白帆船，而它的航程也并非是无止境的吗？

那么这一点是否值得思考呢？须知一个人是很少考虑自己的死亡的，即使考虑到，也往往自我安慰，认为这对他来讲将是以后不知什么时候的事，是以后的事……

"以后"是一种自卫的方式，但在这个"以后"当中，也含有一种奇怪的、几乎是无法解释的期望味道：也可能不至于恰恰发生在我身上呢？当老人们把死亡想象为遥远的事或者难以相信死的可能性的时候，他们往往丧失一种主要的东西——生命不可重复的意识，因而地球和人的无情的疏远也就开始了。这样一来，我们这个小小行星就只不过是一个获得暂时舒适与享乐的工具，这种舒适和享乐正在演变为残忍和丑恶的病态行为，犹如孩子虐待母亲那样。

是的，是的，人们不仅从开始有战争的那个时代起，就用炮弹和重型炸弹来震动、撕破和击伤地球的躯体，而且还把自己的住房变成垃圾箱，变成肮脏的废品堆，变成汽车、晶体管、瓶子、罐头盒的坟墓。现今，人们正在用化学废物摧残和毒害地球，仿佛是为了拼命发财而急于要消灭地球，也消灭自己。

要知道，地球——这个活的肌体，有它自己的节律、呼吸、脉搏和血液循环，它体内那天然的血液流动，也会致命地停止。毫无疑问，人们正在明白，更确切地说是正在感觉到日益迫近的危险，而同时却又寄希望于渺茫的"以后"，希望到那时世间的美好事物也许不至于发生什么事。

但一切事物都有自己的开端和自己的终结。

那颗孤星的死气沉沉的蓝光从无限远的高空照到我这里，并不给人以温暖，却以那毫无生气的光线，以那冷冰冰的光线末梢，传来袭人的寒气，令人感到九月黑夜中的寒冷。这时，不知为什么，我忽然回想起那些熄灭已久的星星，它们那缕缕晚期的微光穿越宇宙空间照到地球上来，这微光好像是一种为自己即将死亡而向宇宙申诉的光。

"为时还不晚，"由于列车包厢里的寒气刺骨的过堂风，由于那颗孤星发出的令人忧郁的冷光（我觉得这颗星星现在好像已经死亡，但过去某个时候它曾经是一个活跃的、欢乐的和兴旺的行星），我不禁感到阵阵颤抖，同时想到："我们大家应当做点什么了，现在为时不晚！……"

列车在减速，以越来越匀速、越来越轻缓和从容不迫的动作撞击着钢轨，透过包厢门的叮叮颤动声，透过卧铺的咯吱晃动声，传来了示警的机车汽笛声。然后，散落在远处沉沉夜幕中的成串灯火闪烁起来，远处扳道工棚上的路灯也突然闪烁起来，把车厢照得通亮，封闭仓库上的不大亮的电灯也开始徐徐靠近。

列车越走越慢——过了一会儿，迎面扑来一个大车站的亮堂堂的大窗户，那里的站台空无一人，车站大厅空空荡荡，餐厅同样空荡而明亮。接着，整个包厢射进一道道明亮的电灯光，射进了人间温暖的生动标志。

我穿上衣服，走出车厢。一到站台上，我就情不自禁地向天空望去——那颗星星已经看不见了。在车站外，白杨树在秋风中沙沙作响。在轨道上，调车机车的蒸气，不断发出咝咝的声音。睡眼惺忪的女列车员连连香甜地打着哈欠，幽默地对我说：即使我半夜就打算到餐厅去，它也要关闭到早晨。

听见人的说话声，看见这位年轻女人的笑容以后，我在风中舒服地吸了一口气，吸了一口停满列车的车站、机车蒸气和柴油的气味——铁路上那种舒适的气味，然后迎着车站上一个个窗户透出的光亮，漫步在站台上，一边苦笑，一边想："以后，以后？……"

也真奇怪——听命于遥远未来的辩护，倒使我觉得轻松了一些。

 美

  人如同感知般的对大自然的反映是否就是美的真谛？

  我在想，我们的地球，这宇宙中鲜花盛开的神奇花园，连同它的日出日落，空气清新的早晨，星光闪烁的夜晚，冰冻的严寒，炎热的太阳，连同它全部的光明、凉快的阴影、七月的彩虹、夏秋的薄雾、雨水和白雪，——我想象，如果这些都不复存在，我们这个地球无可补救地变成了无人的荒漠。好吧，请想象一下：在地球上再也没有人，——在城市的石头走廊上，在荒野的草地上，到处只是一片沙沙作响的空旷。没有一点人声、笑声，甚至也没有一声绝望的喊叫来打破这沉寂。

  在这空无一人的冰冷的寂静中，我们美丽的地球立即就失去了作为宇宙空间里人类之舟和尘世谷地的最高意义，并且它的美一下子就丧失殆尽，消失得无影无踪。因为没有了人，美也就不能在他身上和他的意识里反映出来，不能被他所认识。那么美又对谁而言？对何而言？

  美不能像精确的思维和细致的理智一样能自我认识。美中之美和为美而美是毫无意义的，是荒谬的和不现实的。事实上这就像为理智的理智一样，在这种消耗性的身心内省中没有自由的竞争，没有吸引和排斥，没有活的呼吸，因而它注定要死亡。

  美必须要有反映，要有明智的评价者，有善良或赞赏的旁观者。须知美感——这是生活、爱和希望的感受，是对永生的臆想的信心。因为美好的感觉会唤起我们生的愿望。

  美与生命连在一起，生命与爱连在一起，而爱则和人类连在一起。一旦这些联系的纽带中断，大自然中的美就会和人类一起灭亡。

死亡的地球上最后一位艺术家所写的书，尽管它富有天才的结构并呈现和谐的美，至多也只是一堆废纸和垃圾。因为书的目的不是对着虚无喊叫，而是在另一个人心灵中引起反应，是思想的传递和感情的转移。

汇集了全部美的世界上所有的博物馆，所有的绘画杰作，如果离开了人类，看起来就像是一些可怕的、五颜六色的破板棚。

没有人类的艺术的美会变得乖戾丑陋，就是说变得比自然的丑更无法忍受。

作者简介

阿斯塔菲耶夫

（1982 - ）

俄国当代著名抒情小说作家。代表作有《陨星雨》、《最后的问候》、《牧童和牧女》、《鱼王》等。

清脆的铃声

清晨我登上河岸，河上传出一种声音，它是那样轻柔、那样低弱，勉强能够听得到。

我没有立刻弄清是怎么回事，后来才明白：秋末冬初时节，河水上涨，沿岸的灌木淹没在水中，夜里出现了霜冻，河水"变瘦"了，于是在河柳树枝和丫杈上面，在被水淹没的苔草上面结出了许多小冰块，它们像小铃铛一样，悬挂在河上，河柳摇曳，冰铃铛像是涓涓细流，连成一串，发出清脆的丁零声。风声飒飒，铃声阵阵。这条河忧郁、激昂，整个夏天愤愤不平地怒吼，此时此刻却展露出慈母的面孔，光洁如镜。

在轻微而疏阔的响声里，在寂寥冷落的河流闪出的微光中似乎可以感觉到一种疚悔的歉意——整整一个夏天，这条河面目狰狞、浑浊、冷漠无情，吞没了无数鸟窝，没有让渔夫们捕到鱼，没有让游泳者痛痛快快地游泳，吓跑了孩子们和度假的人们，他们远远地离开了河岸……

现在已是深秋时节，迟迟升起的太阳尽管还有些暖意，但是还能指望它散发出多少光和热呢！隐约听到了四周有清脆的丁零声，河岸上闪闪发亮的小铃铛奏出稀疏的乐曲——这是初冬降临人间的凄婉音符。

作者简介

拉斯金

(1819–1900)

英国艺术评论家。著有《现代画家》、《建筑学的七盏明灯》、《威尼斯城的石头》等作品。

开阔的天空

对于天空，人们的认识实在太少，这简直是一件咄咄怪事。天空是大自然的杰作之一，大自然为了创造它所花费的精力多于她为创造其他的一切所花费的精力，其目的显然是为了取悦于人，向人们传递信息，给人以启迪，然而在这方面我们对她却很少注意。就她的大部分杰作而言，每一个组成部分除了取悦于人的作用外，还能满足更实质的或主要的目的；而那些不能满足这个目的的自然杰作，毕竟为数不多。不过，据我所知，倘若三五天内天空有一次被丑恶的大片黑色雨云所覆盖，万物都被滋润了，因而所有的一切又呈现出蓝色，直到下一次被蒙上一层能带来露水的晨雾或暮霭。在我们一生中，大自然无时无刻不展现出一幕又一幕的景色，一幅又一幅的图画，一种又一种的壮观，而且没有一刻不按照精美的、永恒的、最完善的原则在运动，使我们确信这一切变化都是为了我们，旨在使我们获得永恒的快乐。任何人，无论在什么地方，距离名胜或美景多近，都不能永远享有这一切。地球上的美景只能为少数人感知和察觉，谁也休想时刻生活在其中；谁要是时刻生活在其中，那么，他的存在便要破坏这些优美的景色，而他本人也不可能再感知美景的存在。但天空不同，它是为所有的人而存在的；天空虽然明朗，但还不至于——

太明亮耀眼，

使得人间难以为炊。

它所有的作用都是为了给人以永恒的慰藉，使人快乐，使人心境平和，清除人们内心的尘埃和废物。它时而温文、时而任性、时而可怕，无论何时都存在着差别；它的感情近乎常人，它的温柔近乎心灵，它的博大近乎神明；它与我们的心灵相契合；它以绝对的公平惩罚和抚慰着人类。然而除非它的变化影响着我们物质的收益，否则，我们绝不会对它注意，把它当作我们思考的课题。有些因素使得它能更清楚地向我们传递信息，甚于向野兽传递信息；另一些因素能证明它有意让我们从它那里获得的东西，多于我们从我们与野果、蜥蜴共享的阳光雨露那儿获得的东西。

对所有这些因素，我们常常会认为那是一连串没有意义的、单调的、偶然的东西；认为它们太普遍、太无益，不值得我们予以瞬间的关注，投去赞美的一瞥。当我们感到无比懒散、平淡无味，视仰视天空为消遣时，我们谈论天空的哪一种现象呢？有人说，下了雨；有人说，刮了风；也有人说，天气暖和了。在这一群聊天者当中，谁能告诉我，昨日下午给地平线镶了一道边的那些雪白、绵延不断的大群山是什么形状，它们的悬崖峭壁怎么样？谁看见从南面射来的长而窄的阳光照耀群山之巅，一直照到它们化为蓝色的烟雨呢？谁看见昨日阳光隐退、夜色来临后，那一片片死沉沉的云迎风起舞，像枯枝败叶一样被西风席卷而去呢？上述景象已经过去，自己不曾看见，也谈不上后悔；但我们应摆脱这种淡漠感情，哪怕只是一瞬间，也将其视为突出于一般的或不寻常的事情而加以珍惜。因为壮丽之美，不在于大自然能量的广博而强烈的表现；也不在于冰雹撞击、发出叮叮当当的声音；更不在于旋风的席卷。神既不存在于地震之中，也不存在于雷火之中；他只存在于平静的细语中。大自然低级迟钝的功能才通过强烈的变化表现出来。庄严、深邃、沉静、不突出的情事，当它们缓慢地静悄悄地演变时，其中就寄寓着我们察见之前必须探索的、我们理解之前必须热爱的东西；寄寓着永不短缺、永不重复、需要时刻求索而又只能获得一次的东西。唯有通过这一切才能获得献身的教益和美的祝福。

　　所有这些都是怀着崇高目的的艺术家必须探求的；艺术家也只有与这一切相结合才可能产生自己的理想。对这一切，普通的观察家往往很少注意，因此，我确信不关心艺术的普通人对天空的认识大部分都来自图画，而不是来自现实；在谈云的时候，倘若我们研究一下大多数受教育者心目中云的概念，我们不难发现他们这些概念都是由老资格的艺术大师对蓝白两色的追忆构成的。

作者简介

罗素
(1872–1970)

英国哲学家、数学家、社会学家。主要著作有《哲学原理》、《哲学问题》、《心的分析》、《西方哲学史》和《论教育》。

我为何而生

对爱情的渴望，对知识的追求，对人类苦难不可遏制的同情，是支配我一生的单纯而强烈的三种感情。这些感情如阵阵飓风，吹拂在我动荡不定的生涯中，有时甚至吹过深沉痛苦的海洋，直抵绝望的边缘。

我所以追求爱情有三方面的原因。首先，爱情有时给我带来狂喜，这种狂喜竟如此有力，以至于使我常常会为了体验几小时爱的喜悦，而宁愿牺牲生命中其他的一切。其次，爱情可以摆脱孤寂——身历那种可怕孤寂的人的战栗意识有时会由世界的边缘，观察到冷酷无生命的无底深渊。最后，在爱的结合中，我看到了古今圣贤以及诗人们所梦想的天堂的缩影，这正是我所追寻的人生境界。虽然它对一般的人类生活也许太美好了，但这正是我透过爱情，得到的最终发现。

我曾以同样的感情追求知识，我渴望去了解人类的心灵，也渴望知道星星为什么会发光，同时我还想理解毕达哥拉斯的力量。

对于爱情与知识的追寻，总是引领我到天堂的境界，可对人类苦难的同情却经常把我带回到现实世界。那些痛苦的呼唤经常在我内心深处引起回响。饥饿中的孩子，被压迫被折磨者，孤苦无依的老人，以及全球性的孤独、贫穷和痛苦的存在，是对人类生活理想的无视和讽刺。我常常希望能尽自己的微薄之力去减轻这不必要的痛苦，但我发现我完全失败了，因此我自己也感到很痛苦。

　　这就是我的一生，我发现人是值得活的。如果有谁再给我一次生活的机会，我将欣然接受这难得的赐予。

作者简介

弗吉尼亚·伍尔芙

（1882 – 1941）

英国女作家，批判家，意识流小说的代表人物之一。《墙上的斑点》是她第一篇典型的意识流作品。其代表作品有《达洛维夫人》、《海浪》和《到灯塔去》。

太阳和鱼

这是一项令人愉悦的游戏，尤其在一个黑沉沉的冬天的早晨，更是如此。人们对眼睛说起雅典、西吉斯塔、维多利亚女王，尽可能温顺谦恭地等待着随后发生的一切。可能什么也没有发生，也可能发生了许许多多的事，但却全然出乎意料。戴着角质眼镜的老夫人——前女王——显得极为生动逼真，可不知怎么搞的她却与一个在皮卡迪利大街弯腰拾硬币的士兵、一只摇摆着穿越肯辛顿公园的黄色骆驼、一把厨房中的餐椅和一个挥动着帽子的尊贵的老绅士联系在一起了：多年以前心里就不知不觉地把她与所有格格不入的事物缠绕到了一起。当人们说起维多利亚女王时，他们所想到的是种种极其不同的客体，要把它们分门别类至少得花费一个星期的时间。另一方面，当人们对自己说起曙光中的勃朗峰、月光下的泰姬陵时，他们的心灵却仍处于空白之中。

因为目之所见，只有在我们贮存记忆的怪潭中才会幸存下来，而且还得有足够的运气与某种别的情感——凭借这些它才得以留存下来——联姻携手。目之所见的婚姻是不相协调的、无视常情的（就像那女王与骆驼），而正因如此，才使每一视像都栩栩如生。勃朗峰、泰姬陵，那些我们不辞艰辛地远游去观看的景象，都在淡化、模糊和消失不见，因为它们找不到正确的伙伴。在我们长眠的睡床上，我们不会见到比墙上的猫或一个戴着无边遮阳女帽的老女人更为崇高庄严的事物。

所以，在这个黑沉沉的冬之晨，当真实的世界渐渐隐去时，让我们来瞧瞧眼睛能为我们干些什么。"显示一下日食和月食吧，"我们对眼睛说，"让我们再度领略一番那种奇观吧。"于是我们立即就如愿以偿了——不过这心灵之窗只是个美妙的比喻，它其实只是一丛神经，能倾听和嗅闻，能传导热觉和冷感，它依附于大脑，唤起心灵去辨析和思考——只是因为崇尚简练的原因，我们才说在黑夜里立即就"看见"了火车站。一大群人聚集在一道栅栏前，可这是多么稀奇古怪的人啊！手臂上搭着雨衣，手上拿着小箱子，脸上一副兴奋的神情。他们之所以聚成那样一个奔走骚动的群体是因为他们（不过这儿说"我们"倒是更为合适些）具有一个共同目的的意识。再没有比这更为奇怪的目的了，它把我们在这个六月的夜晚带到尤斯顿火车站，聚集在一块。我们是来观看黎明的景观的。在英格兰各地，每时每刻都会有火车出发去观看黎明之景，所有的鼻子都朝向北方。当我们在僻远的乡下临时停车时，可以见到苍黄色的汽车灯光，同样也指向北方。所有的人都在遐想黎明的景观。当黑夜在慢慢消逝时，天空，那千百万人思维的对象，比平时显得更为凸出和实在。随着时间的推移，我们头上那苍白柔和的天穹的意识也在逐渐清醒。在这寒冷的清晨，当我们在约克郡的路边上车聚合时，我们的感官的导向也与平时迥异了，我们与他人、房屋、树木的关系已不再与昔时相同，我们所拥抱的已是整个世界。我们的远行，并非是为了找一个小旅馆的客房投宿，而是为了数小时与苍穹忘形的交欢。

所有的一切都非常的苍白失色。河流是苍白的，遍地青草和本应是红色的玉蜀黍花缨也全无色泽，那一片蜿蜒起伏的田野静静地躺卧在那儿，围绕着黯然失色的农舍悄声低语。现在农舍的大门打开了。农夫和他的家人走出来加入了这队伍。他们穿着星期天的服饰，上下黑色，干净整洁，静悄悄地宛如上山去教堂；而有时则只是女人们靠着楼顶房间的窗台，带着趣味，用一种轻蔑的目光观望着队伍的经过。四下里显得如此的寂静无声，她们似乎在说，这些人远道而来，究竟是为了什么？我们会产生一种奇异的感觉，似乎是在与一个演员约会，他是如此神秘莫测，以至他的来临是无声无息和无处不在的。

　　我们抵达了预定之地，那是一处高岗，山丘向下面一马平川的棕褐色沼泽地四处延伸开去。待到此时，我们依旧衣冠楚楚——即使我们浑身冰凉，而双脚站立在那红色的沼泽地中可能使我们更为寒冷；实际上我们没有一个人是处于最佳状态中的，但大家仍显示出一副道貌岸然的样子。也许我们应该撕掉个性那小小的标志与符号。在天空的轮廓下，我们仿佛是一条绳线、一群雕像，引人注目地站立在世界的屋脊上。我们非常、非常的古老，是远古世界中的男人与女人，来向黎明致以敬意。史通亨吉的礼拜者必定也曾是这样站在草丛与岩石上的。突然间，从约克郡某个乡绅的汽车里，跳出来四条巨大、瘦削的红狗，它们看上去就像古代世界的猎犬，鼻子贴近地面，循着野猪或野鹿的踪迹奔跳着。与此同时，旭日冉冉东升，一朵白云在太阳光线慢慢地照射上来时，像一幅白色的帘子那样灼灼发光；金黄色的楔形光流从上面瀑泻下来，使峡谷中的树林显出一片葱绿，村庄则成了蓝褐色。在我们身后的天空中，白云像白色的岛屿漂浮在淡蓝色的湖泊中。在那儿，天空是无边无垠、任意驰骋的，然而在我们的前面，却有一条轮廓模糊的雪堤聚集起来了。不过，当我们继续观看时，它渐渐消散淡薄，成了片片云絮。瞬息之间，金色剧增，把白色融成了一幅火焰般的薄纱，且变得越来越稀薄，直到在某一刹那间，把辉煌壮观的太阳呈现在我们的眼前。然后，出现了短暂的停顿，片刻的悬而未决，恰如起跑前的那一瞬间，发令员按下跑表，计算起分秒数，而运动员则飞驰而出。

太阳也必须在神圣的时间耗尽之前，穿越云层，抵达他的目的地——右边那一片淡淡的透明。他起跑了，云层在路上设下了重重障碍，又是缠绕又是阻拦，都被他冲撞了过去。在被云层遮蔽住时，人们还能感觉到他在那儿闪烁和飞驰。他的速度极为惊人。一会儿露出脸来，明亮夺目；一会儿进入云层，无踪无影。不过人们总是可以感觉到他在那儿飞驰，穿越黑暗，冲向目的地。有那么一瞬间，他现出身来，在我们的望远镜里把自己变成了一个中间凹陷的太阳，一个月牙形的太阳。最后，他钻入云层进行最后的努力了，现在他已完全被遮住了。

时间在流逝，跑表捏在一只只手上，神圣的 24 秒钟开始了。除非他在最后一秒钟前胜利地穿越过去，否则他就是输家。人们依然能感觉到他正在云层后横冲直撞地奔跑着去赢取自由，但是云层阻碍着他，它们四处扩展、增厚，呆滞在那儿，抑制了他的速度。秒钟只剩下最后五秒了，可他仍然被云遮蔽着。于是，当那生死攸关的几秒钟过去后，我们意识到太阳的失败了，他输掉了这场赛跑，这已是确凿无疑了。所有的色彩也开始从荒野中溜走了。蓝色变成了紫色，白色变成了像一场狂暴然而无声无息的风暴袭击前的那种青灰色。粉红色的人脸染上了绿色，天气变得极其的寒冷。这就是太阳的失败，我们痴痴地想着，思绪也从面前阴沉沉的云毯转向身后的荒野。它们是青灰色的，是紫色的。可突然之间，人们开始感悟到还将有其他的事发生，一些出乎意料的、令人惊畏的、不可避免的事。

阴影变得越来越暗，凌驾在荒野之上，犹如发生在船上的倾斜，不但没有在关键时刻改变过来，反而一点一点儿地增加，然后突然倾覆了。那光线也是这样，变化着，"倾斜"着，最后败给了黑暗，这就是结局：世界的肉体与鲜血都已死亡，剩下的只有它的骨架。它悬荡在我们脚下，一个脆弱易碎的贝壳，死气沉沉，枯萎干瘪。而后，在难以察觉的运动中，这番光线的深厚敬意、这种壮观的屈膝谦卑结束了。在世界的另一边，它又轻盈地露出脸来。它乍然出现，仿佛一个动作，在一秒钟的惊人停顿后，另一动作补充上来，而在这儿寂灭的光线又在别处升腾起来。从来不曾有过这样一种返老还童和恢复健康的感觉，所有的康复以及生命的伸展似乎都已融合为一体。不过在一开始，由于那色彩是如此的明亮、脆薄和奇异，就像雨后的彩虹那样喷洒成一个色环，以至看起来地球似乎永不可能在它的有生之年以如此弱不禁风的色泽来装饰自己。它就悬荡在我们下面，像一只笼架，一只铁环，一只玻璃球。它很可能被吹熄掉，也很可能被撞碎。但是当那支巨大的画笔涂抹着峡谷中那黑郁郁的树木和上面那蓝青色的群山时，我们的宽慰感和信心就稳健而且确凿无疑地扩展和树立起来。世界变得越来越实在，变得稠密拥挤，变成了一个寄宿着无数的农舍、村庄、铁道的所在，一直到文明的整个构架都展示和物化出来。但是对先前感受的记忆却仍在持续：我们所站立着的地球是由色彩构成的，它会被抹去、消失，而后我们就会站在一片枯叶上，现在安稳地踏踩在地球上的我们将亲眼目睹它的死亡。

　　然而眼睛还不肯放过我们，遵循着它的某种我们无法立刻领悟的逻辑，它在我们面前呈现出一幅伦敦的图景，或更确切地说，是对伦敦的总体印象。那是盛夏中的伦敦，从其震动感和混乱感来判断，伦敦的社交正处于其巅峰期。得花费一会儿时间我们才会意识到。首先，我们是在某个公园里；其次，从沥青路和四处乱扔的纸袋来看，这是个动物园。然后，在毫无准备的情况下，两只蜥蜴的完美无缺的雕塑呈现在我们面前。在毁灭之后接踵而来的是宁静，衰败后跟着的则是稳固——那或许就是眼睛不管三七二十一的逻辑。一只蜥蜴一动不动地趴在另一只蜥蜴的背上，只有金色眼睑的眨动或者绿色的腹翼的翕动才显示出它们是活体，而不是青铜的浇铸。在这凝固而销魂画面中，人类所有的情欲似乎都显得偷偷摸摸和过分狂热。

时间仿佛停住了，我们则处于不朽之中。尘世的喧嚣就像云絮一样从我们这儿飘散。大群坦克插入了被黑暗包围住的不朽的方阵的层面——那是稳定的阳光世界，既没有雨水，也没有云彩。那儿的居民在进行着永恒的进化，其错综复杂由于没有理性而显得更为异乎寻常。蓝色和银白色的军队，为他们飞箭似的迅捷拉开理想的距离，起初向这个方向射击，然后转向另一方向。纪律是完美的，控制是绝对的，而理智则全然没有。与它们相比，人类进化中最雄伟壮丽的东西也似乎显得微不足道和动荡不定。这些世界中的每一处（大小也许有四乘五英尺）秩序与安排方式都同样的完美无瑕。对于森林，它们拥有半打的竹杖；对于群山，它们拥有沙丘。对它们来说，一只贝壳的曲线与皱褶就包含着所有的历险，所有的浪漫。一只水泡的升腾，在别处会视而不见，可在这儿却是最具重要性的事件。

那银色的水泡螺旋形地穿水而上，在那似乎是平铺在水面的玻璃片上破裂消失。没有一件东西的存在是不为世界所需的。那些鱼似乎是经过深思熟虑后造化出自己那副尊容来的，溜滑进这世界也只为了证明自身。它们既不操劳，也不哭泣，它们的形状就是它们的理由。除了它们认为现有的状态是其最理想的生存状态这个理由外，难道还有别的什么目的使它们成为这样的吗？它们当中有的是圆滚滚的，有的是那样地单薄；有的在背上长着辐射状的鳍翅，或排列着红色的"电灯"，有的鱼波动起伏宛如煎锅上的白色薄饼；有的则装备着蓝色的铠甲，或被赋予了庞大的爪子，还有的令人憎恶地在边缘处长满巨大的鳍。在大部分鱼的身上，大自然已倾注了比用于人类所有种族身上还要多的关注。可在我们穿的花呢与丝绸之下，除了一个单调乏味的粉色裸体，何曾还有别的什么！诗人们并不像那些鱼一直透明到脊梁骨，银行家没有坚爪，国王与王后既无颌须，也无皱壳。总而言之，我们像是赤裸裸地进入养鱼缸，绝无可取之处。现在眼睛闭上了，它已给我们呈示了一个死气沉沉的世界和一条永恒的鱼。

夜行记

我们一行人,到圣艾夫斯湾西侧一处名叫特雷韦尔的谷地一游。在踏上归途之前,秋日的黄昏已经降临。那一派海景,在暮色中依然清晰可辨,着实令人屏息凝眸,叹为观止。巨大的岩崖,组成一排庄严宏伟的队列,直面夜空和大西洋的万顷碧波,巍然矗立,突入海面,像是怀有某种自觉的神圣使命,仿佛必须服从自太古洪荒时就降下的一道旨令。时不时,远处一座灯塔射出一道金色光芒,穿透雾霭,突然再现了岩崖的峥嵘。

这光景,足以说明天色已晚,而前面还有六七英里的路程,需要我们靠双脚步行回去。而且,我们对这一带地势毫不摸底,最好还是不离开大路,更为妥当。

果然,不出半小时,连脚下的白色路面都像雾气似的浮动起来,我们不得不一步一探地朝前走,仿佛要用脚来试试是否踩着了实地。一个人影落到后面几码远处,晃了两晃,然后消失得踪影全无,就像被夜的黑水吞没了,而他的声音,听起来也像从万丈深渊下传来的一样。值得注意的是,尽管我们行走时都挨得近近的,并且想用热烈欢畅的论辩来抵御黑暗,可我们的声音彼此听起来都显得异样而不自然,最充足的说理也显得软弱无力,不能令人信服。我们的交谈在不知不觉之间滑向了那些适合幽暗阴郁场所的话题。

一时间,我们沉默无言。这时,你身边走着的那个人影似乎已消失于夜色之中。只有你孑然一身踽踽而行,你能感受到四周的黑暗咄咄逼人的压力,感受到你抗拒这重压的力量在逐渐减弱,感受到你那副在地上往前移动的躯体与你的精神分离为两个部分,而精神则飘飘摇摇离你远去,好似晕厥了一般。甚至这条路也在身后离开了你,我们踩着(假如我可以用描述穿行于白昼的田野时那种明朗确切的动作的词语来形容现在这种暧昧的动作)的是浩浩渺渺无径可寻的夜之海洋。此时不时用脚来试探试探下面的路,为的是证明它无可怀疑的是坚实的土地。眼和耳都紧紧封闭着,或者说,由于承受着某种触摸不着的东西的重压,变得麻木不仁了。以至于当下方呈现出几点亮光的幻影时,我们竟需要费一番气力才意识到它们的存在。难道我们果真看到了亮光,像在白天看到的一样,抑或那只不过是大脑中浮现的幻象而已,就如同撞击后眼前冒出的金星一样?这些亮光就在那儿,在我们下方的一个峡谷里挂着,没有锚索固附、临空悬浮在黑暗的柔软深海中。我们的眼睛刚刚辨明它们确实存在,头脑就立刻觉醒过来,构想起一个天地的草图,将它们安置其中。那儿必定也有一座山,山下卧着一个小镇,有一条道路绕过小镇,就像我们记忆中的那样。十来盏灯火,就足以使这个天地物化成形了。

我们的旅程最奇异的一段已经过去,因为某种可以眼见的东西终于出现了,我们面前有了确证。而且,我们感到自己正走在一条道路上,能够比较自如地朝前迈步了。在下方的那块地方也有着人类,虽然他们不同于白天的人。骤然,我们身边燃起了一团光,就在我们看到它的一刹那,也听到了车轮的轧轧声,眼前闪现了一个人驾着一辆运货车的形象。只一瞬间,亮光不见了,轮声哑了;我们的话语声再也传不到那人耳中。随着景物在我们眼前倏忽出现和隐没,我们发现自己已然置身于一个农家场院。院里悬着一具风灯,它那摇曳不定的光圈,投向一群挤在一起的牲口,甚至也映照出我们这伙人中一直隐而不见的人的部分身影,农场主向我们道晚安的声音,如同一只强有力的手紧紧抓住了我们的手,把我们拉回现实世界的岸边。然而再往前迈出两步,黑暗和寂静的无边洪流又将我们覆盖。不过,数点亮光再度出现在我们身旁,宛如船只的灯光游动在海上。它们以无声的脚步向我们靠拢——这正是我们在山顶上看到的那些灯光。这村庄是静穆的，但并没有沉睡，它仿佛瞪大了眼睛躺着，同黑暗做着顽强的搏斗。我们可以分辨出背靠屋墙的人形，这些人显然是被近在窗外的夜的重负压得难以成眠，只好来到屋外，把双臂伸进夜空。在四周广阔无垠的暗涛的包围中，这些灯盏的光芒显得多么微弱啊！飘零在无际汪洋中的一只船，堪称孤独之物，然而停泊在荒凉大地上、面对深不可测的黑暗之洋的这座小小村落，却尤为孤独。

然而，一旦习惯了这种奇异的元素，你会发现，那里面有着伟大的宁静和美。此时，充斥于天地间的仿佛只是实物的幻影和精灵；原先是山的地方，现在飘着浮云，房屋变成了星星火光。眼睛沐浴在夜的深海里，受不到现实事物的坚硬外壳的磨损，得到了很好的休憩。包容着无穷琐碎什物的大地，融解为一片混沌的空间。对于缓解了疲劳、变得敏感的双目，房屋的墙壁是过于狭窄了，灯火的光芒是过于刺眼了。我们有如曾经被捕囚禁笼中的鸟儿，方得振翼高飞。

作者简介

洛根·皮尔索尔·史密斯

(1865－1946)

英国散文家。以散文集《琐事集》而蜚声世界文坛。

最后的话

人上了年纪并不是逐渐衰老,而是通过一系列的折腾,满怀忧伤,从一座暗礁走向另一座暗礁。然而等我们爬起来后,我们发觉自己并没有骨折,同时在我们前面伸展开来、尚未被探索的那片地方可不是不愉快的。

远在下面,我可以从生命之树上采下最甘美的果实——生存的欢乐——而那种果实只能在那儿成熟。

"对,"有天下午在公园里,我看着那些时髦人衣着华美,在阳光下缓缓走动时,这么说,"但是其他的人,过去的那些廷臣、美女和纨绔子弟,他们怎么样了?他们穿着考究的服装,当时在夏天的微风中光彩照人。他们怎么样了?"我有点儿文绉绉地问,他们现在全去世了,他们的一生早已过去,他们已经冰凉地躺在坟墓里了。

我还想到那些严于律己的人,他们待在远离公园和上流社会的顶楼上,藐视喧嚣的世界上的烟雾和浮华景象。

可是我的天!我忽然想到,那些严厉的人,事实上像别人一样也全死了。

倘使这并完全不取决于我,倘使我并不是在所有的时刻都非去维护真理,大声揭穿所有的谎言,独个儿武装起来屹立着应付一片错误之海，同时拼命握住那只钩子。真理、正义和高雅的情趣全仿佛凭借一根细线那样从那只钩子上挂了下来，在无法形容的深渊上面颤动，要不是就只有一两天——这不可能。我不能让艺术和文明坠进混乱中去毁掉。假如我在打盹时天塌下来，球形的世界再次崩溃成宇宙尘，那可怎么办？

"一个多么令人受不了的青年人啊！"他离开房间时，我喊道，"一个人怎么能坐着听这种蠢话？这些青年人多么傲慢无知啊！还有，他们所写的东西和他们的绘画！"

"这全是装模作样和自我标榜，我告诉你——"

"他们不知道尊敬！"我咯咯叫着说。

我究竟为什么要这样做呢？我知道这使我头发秃去，还使我关节发僵——那么我为什么还要说个不停，把自己变成个没牙的老古板呢？

寒碜的旧背心，是什么使你总遮盖起的心房跳动的？形状滑稽的帽子，以前藏在你下边的希望到哪儿去了？破旧的鞋，我穿着你匆匆走过去的什么样暗淡的小路，把你的鞋跟也磨损了？

哎呀，这样吃、活、衰老。这些背后的怀疑与痛苦，以及对夜莺和玫瑰的缺乏兴趣……

我是总在半夜醒来，为生活的欢乐而大笑的这么个人吗？我这个人为上帝的存在感到烦心，又和年轻女郎们跳舞一直跳到云雀鸣叫的白昼？我这个人高唱《美好的往日》，又伤感地号哭，还不止一次通过大滴模糊的、浪漫的泪水凝视着明月？

请你听着，我可没有说，他们的眼睛并不比我们的大，他们的睫毛并不比我们的长，他们的脸孔并不比我们的红润和丰满，他们还能手脚灵活地蹦蹦跳跳，这是我们及不上的。不过对这些矫揉造作的洋娃娃的估计，未免还是太过分了。

想想看他们的谈话多么空洞乏味啊！

他们给人用华丽的色彩在平装本小说的封面上描绘出来，显得很不错。我想他们坐在方头平底船上会显得更不错。但是这就是我们何以容许他们打乱餐桌上的礼仪，用他们的轶事打断谈话，并对我们郑重的商谈咯咯地傻笑的原因吗？

多年前的一个秋天——确切的日期我已经忘了，不过那是在"大"战前很久——我在威尼斯消磨了几星期，寄宿的地方朝外望着一片古老的威尼斯花园。花园尽头有一座朴实的圣堂，在它的山墙上，竖立着一些裸体的、做手势的破旧塑像——上面，在发黄的树叶丛中，我可以看见一座小女修道院的钟楼——发誓潜心默祷的修女们的一座修道院，修女，她们终身给禁闭在那儿，从来不走出修道院的围墙。

钟楼近在咫尺，薄暮时分，当修道院的大钟衬着天空打响起来时，我就可以看见钟索和钟舌晃动。往往，我坐在窗口，总去想到靠我如此近的那些遁世的修女们的神秘生活。

我记得很清楚那片凌乱的花园的情景，那些做出种种手势的塑像，以及衬着天空摆动的修道院大钟。但是我当时想到的有关那些修女的事情，我却完全忘了。那些念头大概并没有什么特别的趣味。

这个阴雨的下午，它毫无理由地又回到我的脑海里来：那是多年前的一个下午，我独个儿待在乡间所留下的回忆。当时是一个秋日的傍晚，我站在雨点猛打着的窗子前面，朝外凝视着暗淡的景色。在我注视着泛黄的落叶在园中被风吹来吹去时，我看见一群鸟儿从叶子已经快落光的白杨树上飞起，在黑沉沉的天空中盘旋。我曾经感到那时刻有一种神秘的意义，那些看不太清的鸟儿的飞翔中有一种预示我生活不祥的兆头。那是一种秋天的、小诗人的忧郁心情，我忽然想到它是一种我可以忧伤地填满一首十四行韵文诗的心情。

但是我的关于那些鸟儿的十四行诗——关于那些欧椋鸟，或者且不管它们是什么鸟儿——我恐怕如今绝不会写出来了。因为现在，我如何能重新抓住青年时期的那份忧伤，那份自我怜惜呢？

哎呀！老年的报酬毕竟又相当于什么？岁月能带来什么欢乐，

抵得上它们带走的愁苦不快一半那么令人欢畅吗？

岁月如何消逝，生活如何改变，所有的事物如何漂浮下时光的溪流而消失，友谊如何枯萎，幻想如何破灭，希望如何溶化，一块又一块坚固的肥皂如何在我们洗涤时从我们的手中融解！

我时常想到，生活会是如此的不同，要是我有生命的话，但是同时，我继续用别针把一小张一小张纸别在一起。

在街道转角一家文具店的橱窗里，乳白色的，令人无限向往的，闪烁着我白日梦的幻象。我每天走过它，但是每天我的思想都被一种希望，一种幻想的破灭，一种形而上学的困惑，或是全神贯注在世上的愁苦上而有所分散。

后来有一天上午，我的别针用光了。我以坚强的决心迎接这场危机。我戴上圆顶硬礼帽，绕过街道转角，买了三罐糨糊，拿回家。最后，那股诱惑力给打破了。可是付出了一笔多大的代价啊！

我摆脱了那股诱惑力，烦恼不安，坐在那儿面对着那一罐罐令人恶心的糨糊，除了死亡以外，现在没有什么好等候的了。

古代墨西哥的阿兹特克皇帝每年总庄严宣誓，要使太阳继续走寻常的行程，像他们一样，我也发誓要证实和帮助维持太阳系，发誓绝不凭我的什么烦恼的思想、些微的疑虑、恶毒的怀疑论或过于苛刻的分析，使事物的重大框架受到损害或为其动摇。

上个月除了我以外，似乎没有一个人看见它。显然，没有人注意到在全英格兰三月间黑蒙蒙的天空下，黑刺李反常地、大量地繁殖，树篱在田野间像一座座覆满月光的围墙那样闪闪发亮，所有那些多瘤的瘦小的树全在炫耀它们暗淡的银白色的丰富资源。

在我们所有辞藻华美的诗歌中，我发觉没有人提到二月白雪残留的痕迹和五月白热光辉早到的闪光。我们迟钝的诗人没有一位似乎曾经到田野中去看过这种幻象。

已故的约翰逊博士到七十二岁高龄，才退隐到斯特里塔姆那所避暑别墅去，筹划过一种更为勤奋的生活。像他一样，我有时也独个儿走开，决心把我余下的日子每天花八小时在一项重大的工作上。

但是我对人生知道这么多，对发生的事和必然会发生的事具有这一切玩世不恭和令人可悲的识见，我有这些经验、告诫和幻想破灭储藏、装满了我大脑的神秘的灰色物质——有这一切在我的秃脑袋里，我如何能梦想着把它猛撞到星球上去呢？

他们怎么能说我的一生不是一次成功？在六十多年里，我难道没有获得足够的吃食，还逃脱了被人吃掉吗？

老年人知道他们需要什么，青年人则悲哀惶惑。

不要让青年人把他们的抱负全告诉你，他们丢下那些抱负后，也会丢下你。

头发秃光具有青年人无法想象的幸福。

斥责青年人是上了岁数的人卫生学中不可缺乏的部分而且大大有助于他们的血液循环。

但是如果我们找不到新着起的火，容我们用湿毯子去扑灭，那怎么办呢？

夺去年长的人们他们的妖怪，就和从婴儿手里夺走他们的大玩具熊一样。

废话对我说来总是废话。

谢天谢地，太阳落山了，我不必走出去享受阳光。

给我一张床、一本书，我就很快乐。

单单是共同步入老年这一过程，就会使点头之交似乎青年人一觉醒来，怎么能知道年长的人们午睡清醒过来的欢畅，他们怎么能知道年长的人们嘲弄的想头和漫长的回顾以及发觉自己没有死去所尝到的喜悦？

年长的病人遇见也患着同样病痛的人时，真正的谈话终于开始，于是生活是美妙的。

因为过去有一回，令人难以相信的，年长的人们经历了那种令人惊异的变化，他们有些人会告诉你他们知道爱情是什么。

我们青年时期看不透的蠢事，是我们上了年纪后干蠢事的原因。

得不到回报的爱在青年时期是十足的痛苦，只是在后来的生活中，我们才学会了去欣赏这些虚假的伤心的有趣之处。

"到废墟那儿去，"巴比伦破灭的幻象被发掘出的声音悄悄说，"看看从前的和后来的脑壳。谁是坏人，谁是好人？"

我一生都在把大量的知识像倒下一个无底深渊那样，倒进我称之为头脑的那个遗忘的空隙去。

别针、小刀、眼镜、剪刀、大裁纸刀、雨伞以及眼前的朋友——我失去的事物一天天越来越多，很快有一天我将失去这个大世界本身。

宇宙正在成为一个惹人厌烦的东西。

"既然你直接回切尔西去，你可否把这些鸻鸟的蛋带给可怜的格特鲁德去？她病得很重，不过她吃鸻鸟蛋，这些是从诺福克刚送来的，很新鲜。"

"你当然不会这么做。"我在地下铁道提着那只长满青苔、盛着鸟蛋的小篮子时，一个声音在我耳边悄悄地说。"你不会这么做的，你太胆怯、太懦弱了。但是一位真正的生活主宰对经历具有热情，想知道见到正派行为就打个榧子会带来什么感觉，他会把这些鸟蛋拿回家，自己吃掉。但是你，"撒旦从地下王国里嘲笑说，"你没有胆量这么做。"

当希望、信念和迫切的需要全部渐渐消失，我们开始仅仅按照世间事物的永恒意义去思考它们时，我们的生活终于停止是一场骗局和一场失败，等我们去世时，我们的死亡将是轻巧的。

今天早晨，我在寒冷的空气中带着斯多葛派坚忍不拔的精神起来，但是随后在热水浴中，我又加入了伊壁鸠鲁派。早餐时我是个唯物论者，随后又成为理想主义者。在我吸第一支香烟时，我把世界超自然地变成了烟雾。但是当我读《泰晤士报》时，我又毫不怀疑外面存在着一个世界。

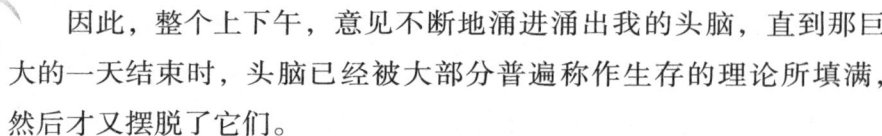

  因此,整个上下午,意见不断地涌进涌出我的头脑,直到那巨大的一天结束时,头脑已经被大部分普遍称作生存的理论所填满,然后才又摆脱了它们。

  对人生的这篇漫长的思索,一直在我内心用三段论进行着的这种演绎推理,假设、臆测、想象这样一再重复——有一天,这场无限的辩论将会结束争执将会永远过去,我将得出一个无可辩驳的结论,我的头脑就会安息了。

作者简介

埃利亚斯·卡内蒂

（1905－1994）

英国作家。代表作有长篇小说《迷惘》（1981年获诺贝尔文学奖），剧本《婚礼》、《虚荣的喜剧》，自传体三部曲《获救之舌》、《耳口火炬》和《眼睛游戏》等。

泪水司炉

泪水司炉天天去看电影。用不着每次都放新东西，老节目也能吸引他，只要它们能达到目的即诱出他丰盛的泪水就行。那时他不被人察觉地坐在黑暗中等待着满足。这是一个冷酷而残暴的世界，要是感觉不到面颊上的湿温的水，那简直就不想活。眼泪一旦开始流涌，他的心情就愉快起来，他安静异常，一动不动，拒绝用手帕擦掉点什么，每滴眼泪应该把它包含的温暖全部贡献出来，不论它最后到达嘴巴或者下巴，还是乃至经过脖子一直流到胸膛下——他都在感觉的抑制中接受下来并在经过详详细细的沐浴后方才站起来。

泪水司炉并非从来就这般舒服好受，他也有过只能依靠自己的不幸的岁月，如果连这也没出来而且让人等上很久，他就常以为要遭冻死，在生活里他心神不定地记着一个失落、一个痛苦、一个消解不了的悲哀曲来折去。但人们却不一定死在他想悲哀的时刻，大部分人都有顽强的生命力并好犟。曾有一次，他估计到了一个感人的大事情，他的四肢开始舒适地松弛起来。可是接着——他自认为已紧紧接近——什么也没发生，他浪费了很多时间，只好寻找新的机会并重新开始期望。

经历了许多失望后，泪水司炉才认识到一个人自身的生活遭遇并不足以令人满足。他曾尝试各种方式，甚至欢悦他也尝试过，但每个在这方面有所经验的人都知道，欢悦的眼泪也不怎么灵。即便它们装满了眼眶，就像有时发生的那样——它们一开始就不怎么流动，至于它们作用时间的长短，那真是件十分可耻的事儿。而狂怒和恼怒也被证实几乎不更有效。只有一个唯一可靠作用的机会：遗失。而其中不可收回性的遗失比所有其他的更应给以优先权，尤其如果是不该如此的人遭受了它们。

泪水司炉经过了一个很长的学徒时期，现在是个师傅。天不赐他的，他就从别人身上取来。如果他们与他毫不相干，陌生人、远方人、大美人、无罪人、大伟人，他们的效用就一直增加到用之不竭的程度。不过他自己却不受损害并安安静静地离开电影院回家去，那边一切照旧，他什么也不管，以至于明天这一天也不令他忧虑。

耳证人

耳证人并不努力去细看，但他也就听得更好了。他过来，他站住，他悄悄地挤缩到角落里去，他瞧着一本书或一个橱窗，他听听有可听的，然后他就既无动于衷又心不在焉地离去。他那么善于消失，以致几乎可以认为他根本没来过。他一下子就已在别处，一下子就又听着他知道所有有东西可听的场所，他把听来的好好放进袋里而且什么也不忘记。

什么他也不忘记，到了把它说出来的时候耳证人就蛮值得一看了。那时他换了一个人，那时他胖了一倍并高了十公分。这些他究竟怎么弄的？他是不是备有专为说出来而用的高跟鞋？难道他用枕头填塞了自己以便使他的话显得更沉重更紧要吗？他什么也不添加，他把它说得十分准确，好些人心里在想，但愿自己当时缄默就好了。

那会儿，这一切现代化的器械都是多余的，他的耳朵比任何器械都来得既良好又忠实，没有任何事受到删除，也没有任何事受到排斥，无论这事多么厉害都没关系，谎言、粗话、咒骂、形形色色的猥亵之词，既偏僻又鲜知的语言里的骂人话，甚至他听不懂的话，他全都准确地记住，当人要这些的时候，他就毫不变更地把它提供出来。

耳证人不接受任何人的贿赂。如果涉及的是这种唯他一人才有的长处，他甚至不会顾惜到他的妻子、孩子或兄弟。他听到过的他就是听到过，连上帝什么的都别想撼动它。不过，他也有人性的方面，就像别人在某些节日做工作后的休息一样，他偶尔地，尽管很少，让耳盖垂下而且不打算储存听到物。这做起来很简单，他使人感觉到他，他正视着人们的眼睛，他们在这种情况下说出来的话完全不关痛痒而且也不足以把他们送到刀斧之下。当他脱下了秘密耳朵时，他就是个友好的人，每个人都信赖他，每个人都喜欢跟他一块儿喝上一杯，于是无害的句子被交来换去。这时没有人料到跟自己说着话的正是刽子手本人。人们不被偷听时多么纯洁清白，这简直令人无法相信。

热爱生命

作者简介

尼采

(1844—1900)

德国著名哲学家。主要作品有《悲剧的诞生》、《查拉图斯特拉如是说》。

伟大的渴望

哦,我的灵魂哟,我已教你说"今天""有一次""先前",也教你在一切"这"和"那"和"彼"之上跳舞着你自己的节奏。

哦,我的灵魂哟,我在一切僻静的角落救你出来,我刷去了你身上的尘土,和蜘蛛,和黄昏的暗影。

哦,我的灵魂哟,我洗却了你的琐屑的耻辱和鄙陋的道德,我劝你赤裸昂立于太阳之前。

我以名为"心"的暴风雨猛吹在你的汹涌的海上;我吹散了大海上的一切云雾;我甚至于绞杀了名为罪恶的绞杀者。

哦,我的灵魂哟,我给你这权利如同暴风雨一样地说着"否",如同澄清的苍天一样的说着"是":现在你如同光一样的宁静,站立,并迎着否定的暴风雨走去。

哦,我的灵魂哟,你恢复了你在创造与非创造以上之自由;并且谁如同你一样知道了未来的贪欲?

哦,我的灵魂哟,我教你侮蔑,那不是如同蛀一样的侮蔑,乃是伟大的,大爱的侮蔑,那种侮蔑,是他最爱之处它最侮蔑。

哦,我的灵魂哟,我被你如是说屈服,所以即使顽石也被你说服;如同太阳一样,太阳说服大海趋向太阳的高迈。

哦，我的灵魂哟，我夺去了你的屈服，和叩头，和投降；我自己给你以这名称"需要之枢纽"和"命运"。

哦，我的灵魂哟，我已给了你以新名称和光辉灿烂的玩具，我叫你为"命运"为"循环之循环"为"时间之中心"为"蔚蓝的钟"！

哦，我的灵魂哟，我给你一切智慧的饮料，一切新酒，一切记不清年代的智慧之烈酒。

哦，我的灵魂哟，我倾泻一切的太阳，一切的夜，一切的沉默和一切的渴望在你身上：于是我见你繁茂如同葡萄藤。

哦，我的灵魂哟，现在你生长起来，丰富而沉重，如同长满了甜熟的葡萄的葡萄藤！

为幸福所充满，你在过盛的丰裕中期待，但仍愧报于你的期待。

哦，我的灵魂哟，再没有比你更仁爱，更丰满，和更博大的灵魂！过去和未来之交汇，还有比你更切近的地方吗？

哦，我的灵魂哟，我已给你一切，现在我的两手已空无一物！现在你微笑而忧郁地对我说："我们中谁当受感谢呢？"

给与者不是因为接受者已接受而当感谢的吗？赠贻不就是一种需要吗？接受不就是慈悲吗？

哦，我的灵魂哟，我懂得了你的忧郁之微笑：现在你的过盛的丰裕张开了渴望的两手了！

你的富裕眺望着暴怒的大海，寻觅而且期待：过盛的丰裕之渴望从你的眼光之微笑的天空中眺望！

真的，哦，我的灵魂哟，谁能看见你的微笑而不流泪？在你的过盛的慈爱的微笑中，天使们也会流泪。

你的慈爱，你的过盛的慈爱不会悲哀，也不啜泣。哦，我的灵魂哟，但你的微笑，渴望着眼泪，你的微颤的嘴唇渴望着呜咽。

"一切的啜泣不都是怀怨吗？一切的怀怨不都是控诉吗！"你如是对自己说；哦，我的灵魂哟，因此你宁肯微笑而不倾泻了你的悲哀。

不在迸涌的眼泪中倾泻了所有关于你的丰满之悲哀，所有关于葡萄的收获者和收获刀之渴望！

哦，我的灵魂哟，你不啜泣，也不在眼泪之中倾泻了你的紫色的悲哀，甚至于你不能不唱歌！看哪！我自己笑了，我对你说着这预言：

你不能不高声地唱歌，直到一切大海都平静而倾听着你的渴望——直到，在平静而渴望的海上，小舟飘动了，这金色的奇迹，在金光的周围一切善恶和奇异的东西跳舞着：一切大动物和小动物和一切有着轻捷的奇异的足可以在蓝绒色海上跳舞的。

直到他们都向着金色的奇迹，这自由意志之小舟及其支配者！但这个支配者就是收获葡萄者，他持着金刚石的收获刀期待着。

哦，我的灵魂哟，这无名者就是你的伟大的救济者，只有未来之歌才能最先发现了他的名字！真的，你的呼唤已经有着未来之歌的芳香了。

你已经在炽热而梦想，你已经焦渴地饮着一切幽深的，回响的，安慰之泉水，你的忧郁已经憩息在未来之歌的祝福里。

哦，我的灵魂哟，现在我给你一切，甚至于我的最后的。我给你，我的两手已空无一物：看啊，我吩咐你歌唱，那就是我所有的最后的赠礼。

我吩咐你唱歌，现在说吧，我们两人谁当感谢？但最好还是：为我唱歌，哦，我的灵魂哟，为我唱歌，让我感谢你吧！

作者简介

埃里希·凯斯特纳

（1899－1974）

德国著名儿童文学家。主要作品有小说《埃米尔和侦探》、《两个小洛特》、《按扣和安东》，童话《5月35日》、《飞翔的教室》、《理发师的猪》、《动物会议》等。

幸福的童话

　　小酒馆烟熏火燎的棚壁显得格外昏暗。坐在我对面的老人大概有七十岁，头顶一层银亮的白发，像覆盖着一层薄雪。双眼如同擦亮的冰道，闪出锐利的光芒。"有些人很蠢，"他说着摇了摇脑袋，使我感到即刻会有雪花从他头上飘下来。"他们以为幸福是熏肠，可以每天切下一片！""是啊，"我说，"幸福当然不是熏肠，尽管……""尽管？""尽管看起来，正像您家烟道里挂着的火腿一样，您的幸福可以随时拿来享用。""我是个例外，"他呷了一口酒，说，"我是例外，因为我始终保留着一个愿望……"他的目光落在我脸上审视了一会儿，然后就开始讲他的故事。

　　"那是很久以前啦，"老人用双手支住头，"很久了，四十年啦！那时我还年轻，却像患了牙疼一样天天忍受着生活的痛苦。一个中午，我懒洋洋地蜷在公园绿色的长椅上，一位老人坐到我身边对我说：'这样吧，让我们先想一想，然后随便讲出心中的三个愿望。'我依旧盯着手里的报纸，无动于衷。'说说看，你究竟想要什么？'老头并不罢休，'漂亮女人、大把的钞票、还有时髦的小胡子——无非是这些！你最终会如意的，年轻人。但是你现在的愁眉苦脸实在令人不安！'老头看上去像个穿了便装的圣诞老人，白色的络腮胡须,红苹果似的脸蛋,眉毛像装饰圣诞树的白棉絮。倒看不出有什么不正常,或许只是过于热心了一点。对他上上下下打量了一番之后,我重新凝视我的报纸。"

"您生气了?"

"是的,而且气得像一只快要爆炸的锅炉。因此在他那白胡子环绕的嘴又将开启之际,我脱口而出:'为了你这老东西别再跟我啰唆,好吧!告诉你我的第一个愿望——那就是请你滚开!见你的鬼去!'这确实很不礼貌,但是我没有别的办法,他真要把我气炸了。"

"后来呢?"

"后来?"

"他走了吗?"

"啊,当然。像被风吹走了一样,一秒钟之内踪影全无,我甚至连长椅下面都找过了,但是哪儿都没有。我开始害怕起来,难道我说的话要应验了吗?难道这第一个愿望已经成为现实?我的天!如果真是这样,那么我好心的、亲爱的老爷爷就不仅是离开这儿,不仅是从这张长椅上消失,而是跑到地狱'见鬼'去了!'别犯傻,'我安慰自己,'地狱不存在,魔鬼也不存在。'但是那三个愿望究竟能不能兑现?即便不能,我也不希望老人就这样消失。我站在那儿一身热汗接着一身冷汗,膝盖不住地发抖。究竟该怎么办?不论有没有地狱,也必须让那老人回来。我对他深感歉疚,也许该就此许下我三个愿望中的第二个?唉!我这笨蛋!或者,就让那长着漂亮的红脸蛋的老头子爱去哪儿去哪儿吧!我战战兢兢,迟疑不决,但最终还是别无选择,我闭起眼睛小心翼翼地念叨:'我希望,老人能重新坐到我身边来。'当时我找不到别的办法,也确实没有别的办法。"

"后来呢?"

"后来?"

"他又回来了吗?"

"啊，当然。一秒钟之内他又重新坐在了我身边，就像从没消失过。看样子老人确实是去了地底下那个……那个很热、很令人不快的地方。他浓密的眉毛已经有点烧焦，漂亮的络腮胡须，特别是胡须的边沿已经被烫得卷曲，散发着一种烤鹅的焦味。老人责怪地看了我一眼，就从胸兜里掏出一把小梳子梳理胡子和眉毛，并很委屈地对我说：'您听着，年轻人，这么干可不好！'瞧瞧我都干了什么呀！我结结巴巴地道歉，说我实在没想到那愿望果真会成为现实。不过既然如此，我也只有千方百计去弥补自己的过失了。'这就对了！'老人说，'只可惜时间不多啦！'说完老人竟然笑了，那笑容非常友好，使我几乎热泪盈眶。'这么说，我们还保留着一个愿望，'他说，'也就是第三个，但愿你能对它稍微认真一点，能答应我吗？'我点头，使劲咽了口唾沫。'好，'我回答，'只要您肯原谅我。'于是老人又笑了：'好的，我的孩子！'他把手伸给我，'好好过，日子不会太坏的！但要留心那最后一个愿望，嗯？'——'我保证！'我庄严地回答。忽然间老人就又不见了，像被风吹走了一样。"

"后来呢？"

"后来？"

"从那以后您过得很幸福吗？"

"是啊——幸福吗？"老人站起身，从衣架上取下帽子和大衣，明亮的双眼直直地望着我，说："这最后一个心愿我珍藏了四十年的，有时候险些把它说出来，但是我没有。愿望只在它没有实现的时候，才会让你感到愉快。好好过，年轻人。"

我从窗口望出去，目送那老人挟着一团飞舞的雪花穿过街道。他竟然忘了告诉我，这些年他到底是不是很幸福。或许他是有意不回答？当然，这也可能。

作者简介

赫尔姆林

（1915 – ）

德国作家。主要作品还包括叙事长诗《曼斯菲尔德清唱剧》、散文集《前列》、文集《邂逅1954—1959》及回忆录《暮色》等。

父子情

我常常去探望我父亲。有一次，他劝我去剑桥，我拒绝了。他问我理由，我回答说，为了德国革命，我愿意和工人在一起。自从我们这一场分歧之后，他再也不跟我争论政治问题了。有时，我劝他到外国去，他微笑着瞥了我一眼："为什么呢？"片刻之后，他接着说，"德国是一座监狱，但不是一座舒适的监狱。此外……"他接着又说，"我好久没像现在这样赚过这么多钱了。人们必须承认，那些当权者为经济生活做了许多事情。"他问我需要什么东西，我安慰他说，我的收入蛮够用。他的神色表明，他不想接着说下去，他坐在钢琴旁，我们弹起了莫扎特的奏鸣曲。

他这个人，向来不爱说话，具有一种疏远的、不露声色的和蔼，在他深深陷入沉默和梦幻的时候，一旦有人要跟他说话，或者提出问题，他为了返回到现实中来，常常需要几分钟的时间。然后，他的目光里会流露出惶恐不安，因为我从年轻时起，也常常出现类似的情形，所以无须说明，我也能理解他的态度。从小我就听人说："你的举止多像他呀。"尽管生活把我们分开了，可我却觉得，跟他始终贴得很近。不用问我便知道，他在想什么，因为我的性格跟他太相似了。这一点他也许是知道的，在这样长时间之后，来揣度他那些极不连贯的谈话，对于我来说，倒是一种安慰了，可那些谈话，早在几十年以前，就以他的亡故而变成了冷冰冰的沉默。

每天拂晓，在用早餐和女秘书到来之前，他总要弹两个小时的《平均律钢琴曲集》。他的钢琴历来弹得十分出色，和从前相比，在这个为他所鄙视的时代，他弹得更多了。音乐不断地给他以生机，现在他同钢琴一起度过一天的大部分时光。有时他让我跟他一块儿演奏，我的小提琴拉得还不错，当然是无法跟他相比的。可他总是夸我，因为，正如他说的那样，我理解我所演奏的东西。演奏规模不等的室内乐，从前在我们家是惯例，这时几乎不再举行了，我家的朋友和搭档都走掉了，或者尽可能地不来探望我们。有一次，一位朋友，一位非常出色的德国青年作曲家，在我和我父亲很少共同散步的路上，遇见了我们。多年来，他在我们家出出进进，他是我父亲曾经帮助过的许多艺术家之一。现在他却匆匆地走开，回避跟我们打招呼。后来我听说，他再也未来过我们家。他在艺术上并未对纳粹做出任何让步，战争期间，他的一部最优秀作品，被一家最著名的帝国乐团搬上舞台，几天之后，便被宣传部长禁演了。多年以后，我又遇见他。他以巨大的同情谈到了我的家庭和我个人，他问起我父亲的情况。我告诉他，在那个打砸抢之夜，他被拖进了萨克森豪森。其实，在我们之间并未发生什么不愉快的事情。他不过是从某一个时刻起，不愿意再同我们交往而已。

很久以后我才理解，对某人怀有感恩之情，只有内心有力量的人，才能做得到，这对懦弱的人来说，是完全无法忍受的，甚至会刺激他反对自己的恩主。此公既非坚强有力之人，亦非软弱怯懦之辈，他属于那种第三类型的大多数。后来，我经常遇到他，那都是无法回避的。我们从未提起他在大街上避开我们的那次邂逅和他疏远我们的事情。有时在他的目光里，流露出某种慌乱和企求，好像他意识到我又回想起了那件事情，这种表情弄得我十分尴尬。我并不想使他难为情，但我也未设法打消他的疑虑。这样的邂逅更加强了我新的生活感受，使我有一种愿望，要么高声呐喊，要么保持彻底冷漠，这表明，我既感到某种惆然若失，同时又感到有所收获，正是这种收获，给了我继续生活下去的勇气。

关于我父亲后来的遭际，我知道得很少，没有什么见证人。我的一位朋友，一个年轻的钣金工人，在萨克森豪森看见他年底还穿着单薄的劳动服砸石头。我朋友说，他知道我父亲从未干过体力活儿；他还看见他被投入集中营两后，毫无怨言地扛抬重物，当初进去时一定是很可怕的。他在党卫队面前始终保持了一种令人感到奇怪的态度，守纪律、有礼貌、鄙视。

从前，他在这个不愿意放弃的国家，越来越感到寂寞。他要么弹钢琴，要么在他多年搜集的那些绘画中间踱来踱去。这期间，我已经到了别的国家。每当我思念他的时候，出现在我眼前的，却不是他最后几年的形象，那几年本来就不是我们共同生活的岁月。我看见他同一些斯文的人在一起，他是那么年轻、敏捷、文质彬彬，我自己则显得又小、又沉默、又无足轻重，紧挨着我的女教师，站在一个不显眼的地方。不知是什么人在我们附近对他身旁的人说："这是一个多么漂亮的人呀！"我惊讶了，他怎么会漂亮呢？他是我的父亲呀！我们家里常有客人来。如果人们午后到来，有时他们想见见我弟弟和我，我们两人或者我自己便被领到招待客人的房间，他们和蔼地跟我们打个招呼，马上便会忘掉我们。

有一次，父亲正在同客人交谈，他的目光忽然落到我的身上，当时我正无所事事地站在一个角落里，他停下交谈，握住我的手，把我领到隔壁房间，他突然把我抱起来，紧紧搂在怀里，一声不响，拼命地吻我。那是一个既甜蜜、又令人惊讶的瞬间，面对如此贪婪的吻，我极力要喘口气，我在他的怀里挣扎着，因为他那天脸刮得不光，他的胡子茬儿直扎我。他把我放在地上，领我走进儿童室，当我抬头看他时，我惶惑地发现，他的眼里噙着泪水，这是我头一次，也是最后一次看见他的眼泪。

我看见他立即又返回儿童室，这可是很少见的。大概是一两年以后的事情吧，当时我大约六岁。他让我张开手，说要送给我们玩具。那是两件金属的小东西，是他从战争中带回来的两枚勋章。我们真不知道该拿它们怎么玩，一直把它们跟我们的布缝的动物和木制的小汽车放在一块儿。后来他变了，回来时他已经转变了立场。他很少禁止我们做什么，但却禁止我和弟弟玩锡铸的士兵，这是我们无法理解的，我们觉得特别委屈。他只打过我一次，大约是在我十三岁的时候，我已不记得大家围着饭桌在谈论什么，显然是涉及了政治问题，我插嘴说，我们有权利重新收回阿尔萨斯—洛林。我父亲一听这话，脸涨得通红，他站起身来，一句话未说，走到我的椅子旁边，给了我一记耳光，便离开餐厅而去。后来我才想起来，他从未谈过战争，相反，一旦有谁提起这个话题，他便会陷入一阵长时间的沉默。

那时，也就是很久以后，当他孤身一人沉浸在音乐里，似乎在等待那场灾难来临的时候，他几乎改变了所有的习惯。他没想到，人们会劝他退出他的俱乐部，他宣布退出了。他不再买画，却卖掉了许多，我不便询问这些画的去向，在我那仅有的几次探望中，我发现要么这幅画不见了，要么那幅画不见了，不过，我还能看见那幅美丽的、阴森森的奥迪隆·勒东的画，透过画面上的烟雾，可以看到许多人世间所没有的花卉，科林特为我父母画的那幅肖像画，还挂在大房间里。第二次世界大战以后，我已经很久不再想到我父亲的那些藏画了，偏巧在奥斯陆博物馆里又看见了那幅蒙克的画，这幅画曾多年挂在他的写字台上方。画面上描绘了一个男人的侧影，他站在一间昏暗房屋的窗旁，窗外黑蒙蒙的海面上，驶过一艘灯火通明的船只。但是，不只是某些绘画不见了，我父亲把马也卖掉了，他不再骑马了，在那些先生们在动物园里借骑马奔突取乐的时候，他若仍然设法保持这种习惯，那就令人难以理解了。我早就没有马了，当我父亲发现我并不怎么喜欢骑马，原来只是为了讨他的喜欢才骑马时，他失望了。他自己是个出色的骑手，他在训练跑道上还正正规规地训练过跳越障碍呢。

早年，我还是孩子的时候，每当女教师陪着我去散步，都会遇见他。晴天，我还可以带上小自行车，沿着与骑马的沙路平行的莎洛滕堡大街行驶，街上有些忽上忽下的小土丘，散落在工学院门前那些古树中间。他驾驭马匹跑着碎步向我们走来，从远处透过树丛就能互相看见，他总是一个人骑马。看不见的阳光照射着的薄雾弥漫在秋天的树林里，树上的叶片，像滑行一样，轻轻地飘落在地上。我欣喜地望着他漫不经心地、轻松愉快地坐在马背上。我喊了一声："爸爸！"可是，他未答应，仍然骑在马上，马踏着毫不减慢的碎步继续跑着，他带着那和善的微笑斜视了我们一眼，在略微靠近我们的时候，他只是把鞭子举到他的帽檐上。我们静静地站在那里，目送他走过去，在我们身后，零零星星的马车走在沥青路上，车上的饰物发出叮叮当当的响声，我们看着骑手和马消逝在金色的雾霭当中。

作者简介

海因里希·伯尔

（1917－1985）

德国作家。其成名作《正点达到》是"废墟文学"的代表作。

在桥头

那些人把我的双腿修补好了，给我安排了一个能坐着干的差事：数一数有多少人走过这座新桥。他们最大的乐趣所在，就是用数字拼凑起来的毫无意义的玩意儿。我这张顾不上讲话的嘴，整天像时钟一样，不停地累计，以便到晚上送给他们一个辉煌的数字。每当我报上每班的统计结果时，他们都喜形于色，数字越大，他们笑得越加可爱。他们尽可心满意足，高枕无忧了，因为每天走过他们新桥的都有好几千人……

但是，他们公布的数字并不准确。很遗憾，数字并不准确。尽管我善于给别人留下一个忠诚老实的印象，然而我并不是一个可靠的人。

有时，我少数个把人；有时，出于一种怜悯，给他们多报上几个。对此，我心中暗暗得意。他们的运气全然掌握在我的手中：要是我发火了，或者没烟抽了，我就只给他们报个平均数，甚至小于平均数。碰到我心花怒放的时候，我就用一个五位数来抒发我的慷慨之情。他们可真幸运啊！每天，他们从我手中郑重其事地把记录结果一把夺去，眼睛霎然明亮，还拍拍我的肩膀。可压根儿不知道这其中的奥妙啊！然后，他们开始乘乘、除除、算算百分比，如此等等。他们计算出，今天每分钟过桥的有多少人，那么10年以后，总共将会有多少人走过这座新桥。他们酷爱"第二将来时"，"第二将来时"是他们的拿手好戏——但遗憾的是，这一切的一切都不准确……

当我那娇小的亲爱的过桥时——白天两次——我那孜孜不倦地跳动着的心就骤然停止了跳动。直到她拐进林阴大道，身影消失之前，都听不到我的心跳。在这段时间过桥的人，我一概不上报。这两分钟归我所有，归我一个人所有，我绝不让任何人夺走这两分钟。傍晚，当她从冷饮店出来，走在我对面的人行道上，路过我这张要不断数数字、没法讲话的嘴巴的时候，我的心再次停止了跳动。直到再也看不见她的倩影，我才又数起来。一切有幸在这几分钟之内，在我这双视而不见的眼睛面前过桥的人，都不会进入那永恒的统计数字中去。那些无足轻重的人们，那些影子男人和影子女人，他们都不会纳入到统计数字的"第二将来时"里去……

很清楚，我爱她。但她却一无所知，我并不想让她知道这事。也不该让她知道，她是以何等巨大的威力，把统计数字抛到九霄云外。她披着一头褐色的长发，长着一双纤细的脚，她应当天真无邪地，清白无辜地迈进冷饮店。她应该多得到些小费。我爱她，毫无疑问，我爱她！

最近，他们来检查我的工作了。这件事，坐在我对面数汽车的伙伴早就提醒过我。于是，我加倍小心。我像发了疯似的数啊，数啊，纵然是一台计数器，也绝不会比我数得更精确些。统计科长亲自站在我对面的人行道上。后来他把他在一小时内统计的结果，同我在一小时内统计的结果比较了一下。我只比他少数了一个人。我那娇小的亲爱的，刚巧在这段抽查的时间里过了桥。我这一辈子绝不能让别人把这美丽的姑娘遭送到"第二将来时"里去。我那娇小的亲爱的绝不能被他们拿去乘乘、除除、化成虚无缥缈的百分比。每当我因计数没法目送她过桥时，我就心痛欲绝。我真感谢我对面的数汽车的伙伴。这一切可关系到我的生存啊。

统计科长拍拍我的肩膀,夸奖我这个人很好,很可靠,很忠诚。"一小时内,只误差一个人,"他说,"这算不了什么。平时在算百分比时,我们反正也会多算几个进去的。我将提议,让您去数马车。"

数马车当然是件好事,是空前绝后的美差。白天,最多只有25辆马车过桥,每隔半小时,记数的人就可以让大脑休息一下。这真是一桩美差!

要是真让我数马车,那就太美了。估计4点到8点之间,根本没有马车过桥,我可以散散步,可以光顾一下冷饮店,可以久久地望着她。也许还能陪她走一段,送她回家,我那娇小的没有被数进去的亲爱的……

一个居民点的骨架

突然,当我们登上一座山冈时,我们看到前面山腰上一座被人们废弃的村庄的骨架。此前没有人向我们介绍过这一点,没有人告诉过我们:在爱尔兰有这么多废弃的村庄。人们指点给我们教堂、通往海滩的捷径和卖茶、面包以及黄油和香烟的店铺,还有报刊代销点、邮局和小海港,那里有被捕鲸炮打伤的鲨鱼,像锚泊的小舟一样陷在退了潮的泥浆中,鲨鱼黑乎乎的脊背朝上,偶尔也有被上一次涨潮弄得把剥去了肝脏的白肚皮翻转朝上的……这些似乎都值得一提,但却没有人提起被废弃的村落。灰暗、格式相同的石头墙,我们不需要透视的景深即可直接看到,像为了拍一部神鬼电影而布置得并不讲究的布景一样。我们喘着气数了数,数到四十停了下来,总数肯定超过一百。顺着路的下一个转弯,我们来到另外一个角度。

我们现在从侧面打量它们。粗糙的工艺，似乎在等待木匠进一步加工。灰暗的石墙，黑洞洞的窗口，没有一块木料，没有一片布头，没有其他颜色，有如没有头发、没有眼睛、没有血和肉的身躯：一个村庄的骨架。它的结构极为明了，那里是街道，转弯处，在小广场那边肯定是一家酒馆。那边还有一条小巷。凡不是由石头构成的一切，都被雨水、阳光和风侵蚀了——被耐心地滴到一切东西上的光阴侵蚀了：每天24大滴光阴。光阴就这样神不知鬼不觉地吞噬了一切自暴自弃的景物……

假使有人想描绘一下，几百年前可能住过五百人的这个居民点的四肢，那么，一定不要忘了描述那些坐落在灰绿色的山冈上的昏暗的只剩下三角或四角的残余墙院。如果把那位穿红毛衣的姑娘也加进画面，让她背着满满一筐泥炭穿过大街；一滴红颜色涂她的毛衣，一滴暗褐色抹她的泥炭，一滴浅褐色画她的面庞；再画上一只只像虱子般窝在废墟中间的白羊；这样，人们会把他视为疯疯癫癫的画家。因为现实竟如此抽象。一切不是石质的东西，都被风、阳光、雨水和光阴吞噬了，一副村庄的骨架仿佛为了上一节解剖课似的铺展在阴沉沉的山坡上。那里，"看呀，同脊椎骨一样"——那条略显弯曲的主要街道，简直就像一个重体力劳动者的脊梁骨，一节小骨头也不缺；胳膊和腿是那些巷子；稍向一边歪的头是教堂，一个较大的灰暗的三角形。左腿：街道，向东伸向山腰；右腿：伸向山谷的另一条街，稍为短一些。一个略微跛腿的人的骨架。如果它作为人的骨架在三百年后被发掘出土的话，这人看上去就会像被他的四只瘦牛驱赶着，经过我们身边走向牧场，而他自己却以为是他在赶牛；他的右腿由于一次车祸而变短，他的脊梁因为挖泥炭的重活伛偻了，他那疲惫的头颅在人们把他放入土中时也多少向一旁滚了滚。当我们重新有了气力，可以回答他的问话或者向他打听这个村庄的时候，他已经喃喃道过"好天气"，而越过我们走去了。

没有一个被轰炸过的城市，没有一个被炮兵轰击过的村庄，看上去会是这般情景；炮弹和手雷只是用来打碎人和物的石钺、战斧和战锤，而这里却看不到任何使用暴力的迹象。光阴和化学元素在无限的耐心中把一切不是石质的物体都侵蚀了，从地里生长出让圣人遗骨静卧其上的软垫：苔藓和野草。

没有人尝试在这里推倒一堵墙，或者从废弃的房舍取走（在我们那里被称为瓜分，这里无人瓜分）一块木料（木料在此地极为贵重）。傍晚把家畜从草地、从废弃的村落外的草地上往家赶的孩子们，从来没有尝试过把围墙或者房门推倒。而我们的孩子，在我们来到村子中央后，则立即尝试着把地面搞平坦。这里谁都不曾想过要把地面弄平整，相反的却只是让废弃居民点里的松软部分作为风、雨水、阳光和光阴的饭菜，六十年、七十年或者上百年以后只留下粗坯。而在这上面再也不会有一位木匠挂上庆祝上梁大典的花环。因此，一个人类的居住地看上去就是这般模样，死亡之后人们让它处于安宁之中。我们怀着压抑的心情穿过光秃秃的墙垣和街道，进入小巷，慢慢地融化着不安的心绪。街道上长着草，苔藓铺上墙壁，铺满了土豆田，爬上了房屋；山墙的石头剥落了灰皮，既不是块石也不是瓦石而是圆石，就像它们从山上滚入溪流以后那种样子，门楣和窗台是石板的；像肩胛骨那么宽的两条石板从墙里伸出来，这里曾经是壁炉。那上面曾经挂过一条吊锅的铁链子；白色的土豆在带褐色的水中煮熟。

我们像当地的住户一样从一家走到另一家。每当我们短短的身影扑进门槛，四角的蓝天便罩在我们头上。曾经是有钱人住的房子都比较宽大，比较窄小的是穷人的。现在，只有四角的蓝天在这里区别着大小。有些房间里已经长满了苔藓，有些门槛已被带褐色的水淹没；墙边上这里那里还能看出埋过拴牲畜的木桩，还有牛的腿骨，曾经用来拴过缰绳。

"这儿是灶"——"这儿是床"——"在壁炉上方这个地方挂过钉在十字架上的耶稣"——"这儿是壁橱"，两块垂直放的石条

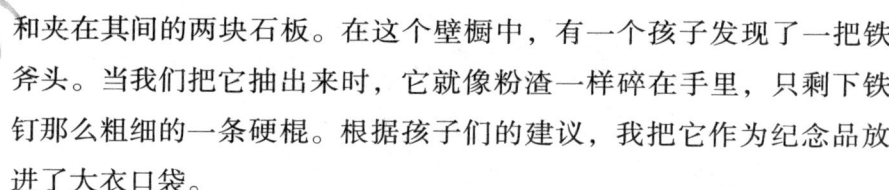

和夹在其间的两块石板。在这个壁橱中,有一个孩子发现了一把铁斧头。当我们把它抽出来时,它就像粉渣一样碎在手里,只剩下铁钉那么粗细的一条硬棍。根据孩子们的建议,我把它作为纪念品放进了大衣口袋。

我们在这个村子里度过五个小时。时间过得很快,因为没有发生什么意外的事情。只有一两只小鸟被我们惊飞,一只羊从我们眼前穿过空荡的窗洞跑上山冈。在僵固的吊金钟上还挂着血色的花朵,凋谢的金雀花丛上有一朵黄花好像一枚脏污的硬币,闪亮的石英像骨头一样从苔藓中伸出来。街道上没有脏物,溪沟中没有垃圾,也听不到什么声响。也许我们只能期待那位穿红毛衣、背着满满一篓泥炭的姑娘了,但那姑娘再也没有到来。

当我在回家的路上把手伸进口袋,想看看那把铁斧子的时候,我手中只有红褐色的尘末了。它跟路两边的苔藓的颜色一样,于是我把它抛了过去。

没有人能准确地了解,这个村子是什么时候以及为什么被废弃的。在爱尔兰有那么多被废弃的房舍,人们随意地散步两小时便可以列数不少。这所是十年前,那所是二十年前,而这一座又是五十年或者八十年前被抛弃的,也有一些房子,门窗上钉木板的钉子还没有完全锈蚀,风雨还未能把它们打透。

住在我们隔壁的老太太不知道这村庄是什么时候废弃的。当她还是一个小姑娘的时候,即1880年前后,村子里已经无人居住了。她的六个孩子当中只有两个留在爱尔兰,两个在曼彻斯特,两个在美国。一个女儿嫁在此地(这女儿也有六个孩子,似乎也是两个去了英国,两个在美国),大儿子留在她身边。当儿子远远地赶着牲畜从草地上走来时,看上去只有十六岁的模样,当他接着绕过房子走进村子的街道时,人们认为他有三十四五岁,当他走过房前不好意思地对着窗子笑笑时,人们才看出他已是五十岁的人了。

"他不想结婚,"妈妈说,"这不是罪过吗?"

是的，是罪过。他是那么勤劳和规矩。他把大门涂成红色，把墙上的一颗颗石头纽扣也涂成红色，而长满绿色苔藓的屋檐下的窗框则完全是蓝色的。他的眼睛里蕴藏着幽默，他怜爱地拍打着驴子的背。

　　晚上，我们在取牛奶的时候，向他打听那废弃的村子的情况。但他一点也说不上来，一点也不知道；他还从未到那里去过。他家在那边没有牧场，他的泥炭坑也在另外的方向，向南去，在距离1799年被绞死的那位爱尔兰爱国人士的纪念碑不远的地方。"您看到过了吗？"是的，我们看过了——可是，托尼走掉了，作为一个十五岁的人走的，在拐角处变成一个三十岁的人，在山冈上在他顺路走过去抚摸驴子的地方，变成了一个六十岁的人。而当他在山冈上，在他转过牧场围栏消失之前停步于吊金钟旁边的那一刻，他看上去又像过去是小伙子的时候一样了。

热爱生命

作者简介

麦斯特勒思

（1854－？）

西班牙诗人、散文家、戏剧家、画家和作曲家。代表作有诗歌《海之歌》、《祷告》，散文《大树》、《夜莺》。

夜 莺

一

当年轻的夜莺们学会了"爱之歌"，他们就四散地在杨柳枝间飞来飞去，大家都对着自己的爱人歌唱——在认识之前就恋爱了的爱人。

大家都唱给自己的爱人听，除了一只夜莺。他抬起了头，凝望着天空，并不歌唱地过了一整夜。

"他还不曾懂得那'爱之歌'哩！"——其余的夜莺们互相说着。——他们就用了轻快的声音欢乐地杂乱地唱着讥刺的歌。

二

他其实是知道那"爱之歌"的，然而，唉，这不幸的夜莺却在上面，在群星运行着的青青的天空看见了一颗星，她眨着眼睛望着他。

她望着他，慢慢地、慢慢地向下沉着，在黎明之前不见了；这不幸的夜莺望着她，目不转睛地望着——当那颗星下去了之后，他仍是出神地、悲哀地等到夜间。

黑夜来了，这夜莺就歌唱着，用了低低的声音——极低的——

向着那颗星；歌声一天一天地响了起来，到盛夏的时候，他已经用响响的声音歌唱着了，很响的——他整夜地唱着，并不望一望旁边。而天上呢，那颗星眨着眼，永远地望着他，似乎是很快乐地听着。

等到这爱情的季节一过去，夜莺们都静下了，离开了杨柳树，今天这一只，明天别的一只。这不幸的夜莺却永远地停在最高的枝头，向着那颗星歌唱。

三

许多的夏季过去了，新爱情赶走了旧爱情，而那"爱之歌"却永远是新鲜的，每一只夜莺都向着自己的新爱人歌唱……但是这不幸的夜莺还是向那颗星唱着。

在夜里，并不注意的，在他的周围，已经有比他更年轻的声音歌唱着了。在夜里，他并没想到他的兄弟们是全都死掉了；这向天上望着的、向那颗星歌唱着的夜莺，从最高的枝头跌下来死了。

那时候，那些年轻的夜莺们——每夜向着他们的新爱人唱着歌的那些——不再歌唱了，他们用杨柳叶掩盖了他，说他是一切夜莺中最伟大的诗人。可是他们却永不曾知道，他正是在杨柳树间的一切夜莺中受了最多的苦难的。

作者简介

赫尔曼·黑塞

(1877 – 1962)

瑞士作家。1946年获诺贝尔文学奖。主要作品有《彼得·卡门青》、《荒原狼》、《东方之行》、《玻璃球游戏》等。

山 口

风在勇敢的小道上吹拂。树和灌木留在下面,这里只生长石头和苔藓。没人到这里来寻觅什么,没人在这里有产业,农民在这上面也没有干草和木材。但是,远方在召唤,眷念在燃烧,眷念在岩石、泥沼和积雪之上筑成这条宜人的小道,通往另一些山谷,另一些房屋,另一些语言和人群。

到了山口的高处,我站住脚。往下的道路通向两侧,水也流向两侧;在这儿高处,紧挨着的、手携手的一切,都找到了各自的道路通往两个世界。我的鞋子轻轻触过的小水潭泻向北方,它的水充入遥远的寒冷的大海。紧挨着小水潭的小堆残雪,一滴滴雪水流向南方,流向利古里亚和亚得里亚海岸汇入地中海,地中海的边缘是非洲。但是,世界上所有的水都会重逢,冰海和尼罗河融合成潮湿的云团。这古老、优美的譬喻使我感到这个时刻的神圣。每一条道路都引领我们流浪者回家。

我的目光还可以选择,北方和南方还都在视野之内。再走50步,我眼前展开的就只有南方了。南方从浅蓝的山谷里向山上呼出多么神秘的气息啊!我的心多么急切地迎着它跳动啊!对湖泊和花园的预感,葡萄和杏仁的清香,向山上飘来,还有关于眷念和罗马之行的古老而神圣的传说。

　　回忆像远方山谷里的钟声从青春岁月里向我传来：我首次去南方旅行时的兴奋心情，我如何陶醉地吸着蓝色湖畔的花园里浓郁的空气，夜晚时又如何侧耳倾听苍白的雪山那边遥远的家乡的声息！在古代神圣的石柱前第一次祈祷！第一次像在梦中那样观赏褐色岩石背后泛起白沫的大海的景象！

　　陶醉的心情不复存在了，向我全身心的爱展示美丽的远方和我的幸福的那种愿望，也不复存在了。我心中已不再是春天，而是夏天。陌生人向站在高处的我致意，那声音听来另是一种滋味。它在我胸中的回响更无声息。我没有把帽子抛到空中，我没有歌唱。

　　但是我微笑了，不只是用嘴。我用灵魂，用眼睛，用全身的皮肤微笑。我用不同于从前的感官，去迎向那山上送来的芳香的田野，它们比从前更细腻，更沉静，更敏锐，更老练，也更含感激之情。今天，这一切比往昔越发为我所有，同我交谈的语言更加丰富，增加了成百倍的细腻程度。我的如醉的眷恋不再去描绘那些想象朦胧远方的五彩梦幻，我的眼睛满足于观看实在的事物，因为它已经学会了观看。从那时起世界已变得更加美丽。

　　世界已变得更加美丽。我独自一人，并且不因为孤单而苦恼。我别无其他愿望。我准备让太阳把我煮熟。我渴望成熟。我准备去死。准备再生。

　　世界已变得更加美丽。

作者简介

茨威格

(1881-1942)

奥地利著名作家、小说家、传记作家。主要作品有《月光小巷》、《看不见的珍藏》、《一个陌生女人的来信》、《象棋的故事》、《伟大的悲剧》等。

从罗丹得到的启示

我那时大约二十五岁，在巴黎研究与写作。许多人都已称赞我发表过的文章，有些我自己也喜欢。但是，我心里深深感到我还能写得更好，虽然我不能断定那症结的所在。

于是，一个伟大的人给了我一个伟大的启示。那件仿佛微乎其微的事，竟成为我一生的关键。

有一晚，在比利时名作家魏尔哈仑家里，一位年长的画家慨叹着雕塑美术的衰落。我年轻而好饶舌，热炽地反对他的意见。"就在这城里，"我说，"不是住着一个与米开朗琪罗媲美的雕刻家吗？罗丹的'沉思者'、'巴尔扎克'，不是同他用以雕塑他们的大理石一样永垂不朽吗？"

当我倾吐完了的时候，魏尔哈仑高兴地拍拍我的背。"我明天要去看罗丹，"他说，"来，一块儿去吧。凡像你这样赞美他的人都该去会他。"

我充满了喜悦，但第二天魏尔哈仑把我带到雕刻家那里的时候，我一句话也说不出。在老朋友畅谈之际，我觉得我似乎是一个多余的不速之客。

但是，最伟大的人是最亲切的。我们告别时，罗丹转向着我。

"我想你也许愿意看看我的雕刻,"他说,"我恐怕这里简直什么也没有。可是礼拜天,你到麦东来同我一块吃饭吧。"

在罗丹朴素的别墅里,我们在一张小桌前坐下吃便饭。不久,他温和的眼睛发出的激励的凝视,他本身的淳朴,宽释了我的不安。

在他的工作室,有着大窗户的简朴的屋子,有完成的雕像,许许多多小塑样——一只胳膊、一只手、有的只是一只手指或者指节。他已动工而搁下的雕像,堆着草图的桌子,一生不断地追求与劳作的地方。

罗丹罩上了粗布工作衫,因而好像就变成了一个工人,他在一个台架前停着。

"这是我的近作。"他说,把湿布揭开,现出一座女正身像,以黏土美好地塑成的。"这已完工了。"我想。

他退后一步,仔细看着,这身材魁梧、阔肩、白髯的老人。

但是在审视片刻之后,他低语着,"就在这肩上线条还是太粗,对不起……"

他拿起刮刀、木刀片轻轻滑过软和的黏土,给肌肉一种更柔美的光泽。他健壮的手动起来了,他的眼睛闪耀着。"还有那里……还有那里……"他又修改了一下。他走回去,他把台架转过来,含糊地吐着奇异的喉音。时而,他的眼睛高兴得发亮,时而,他的双眉苦恼地蹙着。他捏好小块的黏土,粘在像身上,刮开一些。

这样过了半点钟,一点钟……他没有再向我说过一句话。他忘掉了一切,除了他要创造的更崇高的形体的意象。他专注于他的工作,犹如在创世的太初的上帝。

最后,带着舒叹,他扔下刮刀,如同一个男子把披肩披到他情人肩上那种温存关怀般地把湿布蒙着女正身像。于是,他又转身要走,那身材魁梧的老人。

在他快走到门口之前,他看见了我。他凝视着,就在那时他才记起,他显然对他的失礼而惊惶。"对不起,先生,我完全把你忘记了，可是你知道……"我握着他的手，感谢地紧握着。也许他已领悟我所感受到的，因为在我们走出屋子时他微笑了，用手扶着我的肩头。

在麦东那天下午，我学到的比在学校所有的时间都多。从此，我知道凡人类的工作必须怎样做，假如那是好而又值得的。

再没有什么像亲见一个人全然忘记时间、地方与世界那样使我感动。那时，我参悟到一切艺术与伟业的奥妙——专心，完成或大或小的事功的全力集中，把易于弛散的意志贯注在一件事情上的本领。

于是，我察觉我至今在我自己的工作上所缺少的是什么——那能使人除了追求完整的意志而外把一切都忘掉的热忱，一个人一定要能够把他自己完全沉浸在他的工作里。没有——我现在才知道——别的秘诀。

作者简介

斯坦库

（1902－1974）

罗马尼亚作家、诗人。著有长篇小说《赤脚人》，诗集《明快的诗》、《金铃》、《战火纷飞的岁月》和《时代的剑》等。

多布罗加风光

从浊流翻滚的多瑙河到奔腾不息的大海，从灌木丛生的荒滩到卡利阿克腊角的白垩岩峭壁，整个多布罗加千里飘香，那是太阳照射万物引出的芬芳；那是海边巨石溢出的水香；那是飞帘草、莠草和洋槐树吐出的温馨。还有石灰石和马粪的似香非香的气息。

多布罗加这块土地上，还散发着肥沃的淤泥味、久不流通的烂泥塘的潮味、芦苇的湿味、咸鱼的腥味、腐草的霉味、长毛羊身上的膻味以及候鸟和野猪粪的臭味。

无数马群放牧在坚硬多刺的草地上。

一群群犍牛和乳牛，一群群毛黑如漆的水牛，还有干瘦的毛驴、骡子和弯犄角长胡须的山羊，都吃着这种坚硬多刺的草。

仲夏时，风从远方飞来。清风习习，乘着宽阔的翅膀，翩然而至。它吹拂着、激荡着平坦无际的大地，田野上生长着燕麦和大麦，荞麦和已成熟的小麦，还有玉米和向日葵。

这时节，多布罗加大地好似涂上一层熔化了的黄金，像是手艺高强的巧匠用黄金铸成了它。

秋天，风有时来自海上，脚踏泛着泡沫的巨浪；有时它又来自北方，同滚滚的浓云一起降临。

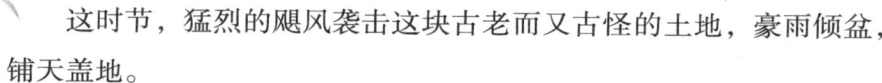

这时节，猛烈的飓风袭击这块古老而又古怪的土地，豪雨倾盆，铺天盖地。

立时，多布罗加的黄金失去了耀眼的光彩，在一夜之间就变成了古旧的、蒙上一层绿衣的青铜。

一个月过后便是严冬，冬天，好似一头硕大的白牝熊，它伏在地上，瓮声瓮气地吼叫，张开多牙的大口，用力地吹着风。

而暴风雪，则有如许多条大蟒蛇，白牝熊的吼叫使它们感到恐惧，它们也吱吱地叫着，在多布罗加冰封的大地上缓缓爬行。从清晨到深夜，暴风雪一直在天空和大地之间狂奔，雪片纷纷扬扬，使人眼花缭乱，仿佛天地间燃烧着一种无处不在的神奇之火，这火焰洁白，这火焰冰冷，它燃烧着，发出轻微的簌簌声。

这时候多布罗加又是怎样一副景象呢？

它似乎由一片白银铸成，那是蒙上一层薄冰的白银世界。

大地上空旷无人，似乎世界已经僵死。

胡獾蛰伏在自己的洞穴里，肥胖的鸨鸟藏身在房子一样大小的雪堆之中。

兔子竖起耳朵，啃着田埂上低矮的蔷薇科植物。

而在大路上……

大路已被雪堆隔阻，人们只能勉强辨认出这里曾经有过道路，饥饿的狼群在大道上出没，敢于只身行走的人常常遭难丧生。

只有暗黑色的大海，依然生机旺盛，一如往常。海上狂风怒卷，恶浪排空。海在鸣咽、海在怒吼，它时啸时咽，预告着不祥的消息，它有时也无谓地吼叫。

海，孤寂地独自鸣叫——忽而如泣如诉，哀鸣不止，忽而兴致盎然，高声吟唱。

有时候，海的轰鸣又引起许多惊扰。

托米斯基灯塔不时地眨着眼睛，间或切开黑暗，撒出一束光带。土兹拉方向的另一座灯塔也眨着眼睛作为回答。

然而，灯塔的努力全然徒劳。任何一个水手，任何一个渔夫，都没有勇气扬帆出海。

有时候，天气转晴，万里无云，天空湛蓝透明，有如玻璃一样清澈晶莹。

而在夜里，群星点缀天幕，柔和的月色显得更加皎洁妩媚。即使在这样的时刻，也没有人愿意冒险出航。

翡翠般的娇绿——这里的春天就是这种姿色！

只有多布罗加的悬崖峭壁仍一如往常，像石灰一样洁净白皙。

沟谷壁立的斜坡时常幻化成棕黄色，也许在创世纪时，一只神力巨大无比的手就无视时间的推移，用黏土筑成了这些沟谷，并且在温火上不急不忙地焙烧过它们。

在遥远的青春韶华时，我有幸在这块奇特的地方度过几个月。这部作品只是姗姗来迟的回声，它反映了我早年的经历和感受。这是些平淡无奇的，同时又是动人情怀的经历，这是些幸福的，同时也是痛苦的感受。它们曾给可怜的人们的心灵上留下了一道久不愈合的创伤，也许这是致命的创伤。

唉！多么可怜的人们啊！

作者简介

本杰明·富兰克林
(1706–1790)

美国科学家、政治家、外交家、哲学家、文学家和航海家以及美国独立战争的伟大领袖。代表作为《穷理查年鉴》。

蜉蝣——人生的一个象征

亲爱的朋友，上次在芍丽磨坊举行园游会的那天，我们玩得很痛快。那天良辰美景，到会者个个是风雅仕女，可是你也许还记得，我们在散步的时候，我曾经在路上停留了一会，落在大家后面。原因是园里有很多蜉蝣的残尸——所谓蜉蝣，是苍蝇一类的小昆虫——有人指给我们看了；而且据说它们的寿命很短，一天之内，生生死死好几代就过去了。

我听到之后，信步走去，在一片树叶上面，发现了这种小虫有一群之多。它们似乎在讨论什么东西——你知道我是善知虫语的；我和你往来这么久，可是你们贵国美妙的语言我学来学去，始终进步很少，我如何能替自己解嘲呢？只好说我研究虫语用心过度了。现在这批小虫在举行辩论，我好奇心动，不免凑上前去偷听一番；可是虫虽小，它们的心却大，开起口来，都是三四个一起来的，因此听来很不清楚。偶尔断断续续也可听清一两句，原来它们正在热烈讨论两位外国音乐家的优劣比较——那两位，一位是蚋先生，一位是蚊先生；讨论得非常之热烈，它们似乎忘记了"虫生"的短促，好像很有把握可以活满一个月似的。你们多快乐呀，我这么想，你们的政府一定是贤明公正、宽仁待民的，你们没有牢骚可发，你们也用不着闹党派斗争,你们竟有闲情逸致在这里讨论外国音乐的优劣。我转过头来,看见另一片树叶上有一头白发老蜉蝣,它一个"人"正在自言自语。我听得很有趣,因此把它笔录下来。我的好朋友的深情厚谊,我已领受很多,她的清风明月的风度,她的妙音雅奏,一向使我倾倒不已,我这一段笔记,无非博她一粲,聊作报答而已。

老蜉蝣说道:"我们的哲人学者,在很久很久以前,以为我们这个宇宙(即是所谓芍丽磨坊),其寿命不会超过十八小时的。我想这话不无道理,因为自然界芸芸众生,无不倚赖太阳为生,但是太阳正在自东往西地移动,就在我的这一生,很明显的太阳已经落得很低,快要沉到我们地球尽处的海洋里去了。太阳西沉,为大地周围的海洋所吞,世界变成一片寒冷黑暗,一切生命无疑都将灭亡,地球归于毁灭。地球的寿命一共十八小时,我已经活了七个小时了,说起来时间也真不少,足足有四百二十分钟呢!我们之间有几个能够如此安享高寿的呢?我看见好几代蜉蝣出生、长大,最后又死去。我现在的朋友只是些我青年时代朋友的子孙,可是他们本身,咳,现在是都已不在'虫世'了。我追随他们于地下的时候也不远,因为现在我虽然仍旧步履轻健,但天下无不死之虫,我顶多也只能再活七八分钟而已。我现在还是辛辛苦苦地在这片树叶上搜集蜜露,可是这有什么用呢?我所收藏的,我自己是吃不到了。

回忆我这一生,为了我们这树丛里同胞的福利,我参加过多少次政治斗争;可是法律无道德配合,政治仍旧不能清明,因此为了增进全体蜉蝣类的智慧,我又研究过多少种哲学问题'道心唯微,虫心唯危,'我们现在这一族蜉蝣必须随时戒慎警惕,否则一不小心,在几分钟之内,就可以变得像别的树丛里历史较为悠久的别族蜉蝣一样,道德沦亡,万劫不复!我们在哲学方面的成就又是多么的渺小、呜呼,我生也有涯而知也无涯。我的朋友常常都来安慰我,说我年高德劭,为蜉蝣中之大老,身后之名,必可流传千古。可是蜉蝣已死，还要身后名何用？何况到了第十八小时的时候，整个芍丽磨坊都将毁灭；世界末日已临，还谈得上什么历史吗？"

我劳碌一生，别无乐趣，唯有想起世间众生，无分人虫，如能长寿而为公众谋利者，这是可以引为自慰的；再则听听蜉蝣小姐蜉蝣太太们的高谈阔论，或者偶然从那可爱的白夫人那里，得到巧笑一顾，或者是清歌一曲，我的暮年也得到慰藉了。

作者简介

梭罗

（1817－1862）

美国作家、哲学家，超验主义运动的重要代表人物。代表作为《瓦尔登湖》、《在康科德与梅里马克河上一周》。

寂 寞

　　这是一个愉快的傍晚，全身只有一个感觉，每一个毛孔中浸润着喜悦。我在大自然里以奇异的自由姿态来去，成了她自己的一部分。我只穿衬衫，沿着硬石的湖岸走，天气虽然寒冷，多云又多风，也没有特别分心的事，那时天气对我异常地合适。牛蛙鸣叫，邀来黑夜，夜鹰的乐音乘着吹起涟漪的风从湖上传来。摇曳的赤杨和白杨，激起我的情感使我几乎不能呼吸了；然而像湖水一样，我的宁静只有涟漪而没有激荡。和如镜的湖面一样，晚风吹起来的微波是谈不上什么风暴的。虽然天色黑了，风还在森林中吹着，咆哮着，波浪还在拍岸，某一些动物还在用它们的乐音催眠着另外的那些，宁静不可能是绝对的。最凶狠的野兽并没有宁静，现在正找寻它们的牺牲品；狐狸、臭鼬、兔子，也正漫游在原野上，在森林中，它们却没有恐惧，它们是大自然的看守者，是连接一个个生气勃勃的白昼的链环。

　　等我回到家里，发现已有访客来过，他们还留下了名片呢，不是一束花，便是一个常春树的花环，或用铅笔写在黄色的胡桃叶或者木片上的一个名字。不常进入森林的人常把森林中的小玩意儿一路上拿在手里玩，有时故意，有时偶然，把它们留下了。有一位剥下了柳树皮，做成一个戒指，丢在我桌上。在我出门时有没有客人来过，我总能知道，不是树枝或青草弯了，便是有了鞋印，一般说，从他们留下的微小痕迹里我还可以猜出他们的年龄、性别和性格；有的掉下了花朵，有的抓来一把草，又扔掉，甚至还有一直带到半英里外的铁路边才扔下的呢；有时，雪茄烟或烟斗味道还残留不散。常常我还能从烟斗的香味注意到六十杆之外公路上行经的一个旅行者。

我们周围的空间该说是很大的了。我们不能一探手就触及地平线。翁郁的森林或湖沼并不就在我的门口，中间总还有着一块我们熟悉而且由我们使用的空地，多少整理过了，还围了点篱笆，它仿佛是被从大自然的手里夺取得来的。为了什么理由，我要有这么大的范围和规模，好多平方英里的没有人迹的森林，遭人类遗弃而为我所私有了呢？最接近我的邻居在一英里外，看不到什么房子，除非登上那半里之外的小山山顶去瞭望，才能望见一点儿房屋。我的地平线全给森林包围起来，专供我自个享受，极目远望只能望见那在湖的一端经过的铁路和在湖的另一端沿着山林的公路边上的篱笆。大体说来，我居住的地方，寂寞得跟生活在大草原上一样。在这里离新英格兰也像离亚洲和非洲一样遥远。可以说，我有我自己的太阳、月亮和星星，我有一个完全属于我自己的小世界。从没有一个人在晚上经过我的屋子，或叩我的门，我仿佛是人类中的第一个人或最后一个人；除非在春天里，隔了很长久的时候，有人从村里来钓鳘鱼，——在瓦尔登湖中，很显然他们能钓到的只是他们自己的多种多样的性格，而钩子只能钩到黑夜而已——他们立刻都撤走了，常常是鱼篓很轻地撤退的，又把"世界留给黑夜和我"，而黑夜的核心是从没有被任何人类的邻舍污染过的。我相信，人们通常还都有点儿害怕黑暗，虽然妖巫都给吊死了，基督教和蜡烛也都已经介绍过来。

然而我有时经历到，在大自然的任何事物中，都能找到最甜蜜温柔,最天真和鼓舞人的伴侣,即使是对于愤世嫉俗的可怜人和最最忧悒的人也一样。只要生活在大自然之间而还有五官的话,便不可能有很阴郁的忧虑。对于健全而无邪的耳朵,暴风雨还只是伊奥勒斯的音乐呢。什么也不能正当地迫使单纯而勇敢的人产生庸俗的伤感。当我享受着四季的友爱时,我相信,任什么也不能使生活成为我沉重的负担。今天佳雨洒在我的豆子上,使我在屋里待了整天,这雨既不使我沮丧,也不使我抑郁,对于我可还是好的呢。虽然它使我不能够锄地,但比我锄地更有价值。如果雨下得太久,使地里的种子,低地的土豆烂掉,它对高地的草还是有好处的,既然它对高地的草很好,它对我也是很好的。有时,我把自己和别人作比较,好像我比别人更得诸神的爱,比我应得的似乎还多呢;好像我有一张证书和保单在他们手上,别人却没有,因此我受到了特别的引导和保护。我并没有自称自赞,可是如果可能的话,倒是他们称赞了我。我从不觉得寂寞,也一点不受寂寞之感的压迫,只有一次,在我进了森林数星期后,我怀疑了一个小时,不知宁静而健康的生活是否应当有些近邻,独处似乎不很愉快。同时,我却觉得我的情绪有些失常了,但我似乎也预知我会恢复到正常的。当这些思想占据我的时候,温和的雨丝飘洒下来,我突然感觉到能跟大自然做伴是如此甜蜜如此受惠,就在这滴答滴答的雨声中,我屋子周围的每一个声音和景象都有着无穷尽无边际的友爱,一下子这个支持我的气氛把我想象中的有邻居方便一点的思潮压下去了,从此之后,我就没有再想到过邻居这回事。每一枝小小松针都富于同情心地胀大起来,成了我的朋友。我明显地感到这里存在着我的同类,虽然我是在一般所谓凄惨荒凉的处境中,然则那最接近于我的血统,并最富于人性的却并不是一个人或一个村民,从今后再也不会有什么地方会使我觉得陌生的了。

"不合宜的哀恸销蚀悲哀,
　　在生者的大地上,他们的日子很短,

托斯卡尔的美丽的女儿啊。"

我的最愉快的若干时光在于春秋两季长时间的暴风雨当中,这弄得我上午下午都被禁闭在室内,只有不停止的大雨和咆哮安慰着我;我从微明的早起就进入了漫长的黄昏,其间有许多思想扎下了根,并发展了它们自己。在那种来自东北的倾盆大雨中,村中那些房屋都受到了考验,女佣人都已经拎了水桶和拖把,在大门口阻止洪水侵入,我坐在我小屋子的门后,只有这一道门,却很欣赏它给予我的保护。在一次雷阵雨中,曾有一道闪电击中湖对岸的一株苍松,从上到下,划出一个一英寸,或者不止一英寸深,四五英寸宽,很明显的螺旋形的深槽,就好像你在一根手杖上刻的槽一样。那天我又经过了它,一抬头看到这一个痕迹,真是惊叹不已,那是八年以前,一个可怕的、不可抗拒的雷霆留下的痕迹,现在却比以前更为清晰。人们常常对我说,"我想你在那儿住着,一定很寂寞,总是想要跟人们接近一下的吧,特别在下雨下雪的日子和夜晚。"我喉咙痒痒的直想这样回答——我们居住的整个地球,在宇宙之中不过是一个小点。那边一颗星星,我们的天文仪器还无法测量出它有多么大呢,你想想它上面的两个相距最远的居民又能有多远的距离呢?我怎会觉得寂寞?我们的地球难道不在银河之中?在我看来,我提出的似乎是最不重要的问题。怎样一种空间才能把人和人群隔开而使人感到寂寞呢?我已经发现了,两条腿无论怎样努力也不能使两颗心灵更加接近。我们最愿意和谁紧邻而居呢?人并不是都喜欢车站哪,邮局哪,酒吧哪,会场哪,学校哪,杂货店哪,烽火山哪,五点山哪,虽然在那里人们常常相聚,人们倒是更愿意接近那生命的不歇之源泉的大自然,在我们的经验中,我们时常感到有这么个需要,好像水边的杨柳,一定向着有水的方向伸展它的根。人的性格不同,所以需要也很不相同,可是一个聪明人必须在不竭之源泉的大自然那里挖掘他的地窖……有一个晚上在走向瓦尔登湖的路上,我赶上了一个市民同胞,他已经积蓄了所谓的"一笔很可观的产业"，虽然我从没有好好地看到过它，那晚上他赶着一对牛上市场去，他问我，我是怎么想出来的，宁肯抛弃这么多人生的乐趣？我回答说，我确信我很喜欢我这样的生活；我不是开玩笑。便这样，我回家，上床睡了，让他在黑夜泥泞之中走路走到布赖顿去——或者说，走到光亮城里去——大概要到天亮的时候才能走到那里。

对一个死者说来，任何觉醒的，或者复活的景象，都使一切时间与地点变得无足轻重。可能发生这种情形的地方都是一样的，对我们的感官是有不可言喻的欢乐的。可是我们大部分人只让外表上的、很短暂的事情成为我们所从事的工作。事实上，这些是使我们分心的原因。最接近万物的乃是创造一切的一股力量。其次靠近我们的宇宙法则在不停地发生作用。再其次靠近我们的，不是我们雇用的匠人，虽然我们欢喜和他们谈谈说说，而是那个大匠，我们自己就是他创造的作品。

"神鬼之为德，其盛矣乎。"

"视之而弗见，听之而弗闻，体物而不可遗。"

"使天下之人，斋明盛服，以承祭祀，洋洋乎，如在其上，如在其左右。"

我们是一个实验的材料，但我对这个实验很感兴趣。在这样的情况下，难道我们不能够有一会儿离开我们的充满了是非的社会，只让我们自己的思想来鼓舞我们？孔子说得好，"德不孤，必有邻。"

有了思想，我们可以在清醒的状态下，欢喜若狂。只要我们的心灵有意识地努力，我们就可以高高地超乎任何行为及其后果之上；一切好事坏事，就像奔流一样，从我们身边经过。我们并不完全是纠缠不清在大自然之内的。我可以是急流中一片浮木，也可以是从空中望着下面的因陀罗。看戏很可能感动了我；而另一方面，和我生命更加攸关的事件却可能不感动我。我只知道我自己是作为一个人而存在的；可以说我是反映我思想感情的一个舞台面，我多少有着双重人格，因此我能够远远地看自己犹如看别人一样。不论我有如何强烈的经验，我总能意识到我的一部分在从旁批评我，好像它不是我的一部分，只是一个旁观者，并不分担我的经验，而是注意到它：正如他并不是你，他也不能是我。等到人生的戏演完，很可能是出悲剧，观众就各自走了。关于这第二重人格，这自然是虚构的，只是想象力的创造。但有时这双重人格很容易使别人难于和我们作邻居，交朋友了。

　　大部分时间内，我觉得寂寞是有益于健康的。有了伴儿，即使是最好的伴儿，不久也要厌倦，弄得很糟糕。我爱孤独。我没有碰到比寂寞更好的同伴了。到国外去置身于人群之中，大概比独处室内，格外寂寞。一个在思想着在工作着的人总是单独的，让他爱在哪儿就在哪儿吧，寂寞不能以一个人离开他的同伴的里数来计算。真正勤学的学生，在剑桥大学最拥挤的蜂房内，寂寞得像沙漠上的一个托钵僧一样。农夫可以一整天，独个儿地在田地上，在森林中工作，耕地或砍伐，却不觉得寂寞，因为他有工作；可是到晚上，他回到家里，却不能独自在室内沉思，而必须到"看得见他的家里人"的地方去消遣一下，照他的想法，是用以补偿他一天的寂寞；因此他很奇怪，为什么学生们能整日整夜坐在室内不觉得无聊与"忧郁"；可是他不明白虽然学生在室内，却与在他的田地上工作；在他的森林中采伐，像农夫在田地或森林中一样，过后学生也要找消遣，也要社交，尽管那形式可能更加凝练些。

　　社交往往廉价。相聚的时间之短促，来不及使彼此获得任何新的有价值的东西。我们在每日三餐的时间里相见，大家重新尝尝我们这种陈腐乳酪的味道。我们都必须同意若干条规则，那就是所谓的礼节和礼貌，使得这种经常的聚首能相安无事，避免公开争吵，以至面红耳赤。我们相会于邮局，于社交场所，每晚在炉火边；我们生活得太拥挤，互相干扰，彼此牵绊，因此我想，彼此已缺乏敬意了。当然，所有重要而热忱的聚会，次数少一点也够了。试想工厂中的女工，永远不能独自生活，甚至做梦也难于孤独。如果一英里只住一个人,像我这儿,那要好得多。人的价值并不在他的皮肤上,所以我们不必要去碰皮肤。

我曾听说过,有人迷路在森林里,倒在一棵树下,饿得慌,又累得要命,由于体力不济,病态的想象力让他看到了周围有许多奇怪的幻象,他以为它们都是真的。同样,在身体和灵魂都很健康有力的时候,我们可以不断地从类似的,但更正常、更自然的社会得到鼓舞,从而发现我们是不寂寞的。

我在我的房屋中有许多伴侣,特别在早上还没有人来访问我的时候。让我来举几个比喻,或能传达出我的某些状况。我并不比湖中高声大笑的潜水鸟更孤独,我并不比瓦尔登湖更寂寞。我倒要问问这孤独的湖有谁做伴?然而在它的蔚蓝的水波上,却有着不是蓝色的魔鬼,而是蓝色的天使呢。太阳是寂寞的,除非乌云满天,有时候就好像有两个太阳,但那一个是假的。上帝是孤独的,可是魔鬼就绝不孤独;他看到许多伙伴;他是要结成帮的。我并不比一朵毛蕊花或牧场上的一朵蒲公英寂寞,我不比一张豆叶,一枝酢浆草,或一只马蝇,或一只大黄蜂更孤独。我不比密尔溪,或一只风信鸡,或北极星,或南风更寂寞,我不比四月的雨或正月的融雪,或新屋中的第一只蜘蛛更孤独。

在冬天的长夜里,雪狂飘,风在森林中号叫的时候,一个老年的移民,原先的主人,不时来拜访我,据说瓦尔登湖还是他挖了出来,铺了石子,沿湖种了松树的;他告诉我旧时的和新近的永恒的故事;我们俩这样过了一个愉快的夜晚;充满了交际的喜悦,交换了对事物的惬意的意见,虽然没有苹果或苹果酒——这个最聪明而幽默的朋友啊,我真喜欢他,他比谷菲或华莱知道更多的秘密;虽然人们说他已经死了,却没有人指出过他的坟墓在哪里。还有一个老太太,也住在我的附近,大部分人根本看不见她,我却有时候很高兴到她的芳香的百草园中去散步,采集药草,又倾听她的寓言;因为她有无比丰富的创造力,她的记忆一直追溯到神话以前的时代,她可以把每一个寓言的起源告诉我，哪一个寓言是根据了哪一个事实而来的，因为这些事都发生在她年轻的时候。一个红润的、精壮的老太太，不论什么天气什么季节她都兴致勃勃，看样子要比她的孩子活得还长久。

太阳，风雨，夏天，冬天，大自然的不可描写的纯洁和恩惠，他们永远提供这么多的康健，这么多的欢乐！对我们人类这样地同情，如果有人为了正当的原因悲痛，那大自然也会受到感动，太阳黯淡了，风像活人一样悲叹，云端里落下泪雨，树木到仲夏脱下叶子，披上丧服。难道我不该与土地息息相通吗？我自己不也是一部分绿叶与青菜的泥土吗？

是什么药使我们健全、宁静、满足的呢？不是你我的曾祖父的，而是我们的大自然曾祖母的，全宇宙的蔬菜和植物的补品，她自己也靠它而永远年轻，活得比许多的老伴儿们更长久，用他们的衰败的肥胖更增添了她的康健。不是那种江湖医生配方的用冥河水和死海海水混合的药水，装在有时我们看到过装瓶子用的那种浅长形黑色船状车子上的药瓶子里，那不是我的万灵妙药：还是让我来喝一口纯净的黎明空气。黎明的空气啊！如果人们不愿意在每日之源喝这泉水，那么，啊，我们必须把它们装在瓶子内，放在店里，卖给世上那些失去黎明预订券的人们。可是记着，它能冷藏在地窖下，一直保持到正午，但要在那以前很久就打开瓶塞，跟随曙光的脚步西行。我并不崇拜那司健康之女神，她是爱斯库拉彼斯这古老的草药医师的女儿，在纪念碑上，她一手拿了一条蛇，另一只手拿了一个杯子，而蛇时常喝杯中的水，我宁可崇拜古希腊神话中的神朱庇特的执杯者希勃，这青春的女神，为诸神司酒行觞，她是朱诺和野生莴苣的女儿，能使神仙和人返老还童，她也许是地球上出现过的最健康、最强壮、身体最好的少女，无论她到哪里，那里便成了春天。

冬日漫步

  风轻轻地低声吹着，吹过百叶窗，吹在窗上，轻软得好像羽毛一般；有时候数声叹息，几乎叫人想起夏季长夜漫漫和风吹动树叶的声音。田鼠已经舒舒服服地在地底下的楼房中睡着了，猫头鹰安坐在沼地深处一棵空心树里面，兔子、松鼠、狐狸都躲在家里安居不动。看家的狗在火炉旁边安静地躺着，牛羊在栏圈里一声不响地站着。大地也睡着了——这不是长眠，这似乎是它辛勤一年以来的第一次安然入睡。时虽半夜，大自然还是不断地忙着，只有街上商店招牌或是木屋的门轴上，偶然轻轻地发出叽咯的声音，给寂寥的自然添一些慰藉。茫茫宇宙，在金星和火星之间，只有这些声音表示天地万物还没有全体入睡——我们想起了远处（就在心里头吧？）还有温暖，还有神圣的欢欣和友朋相聚之乐；可是这种境界只有当天神互相往来时才能领略，凡人是不胜其荒凉的。天地现在是睡着了，可是空中还是充满了生机，鹅毛片片，不断地落下，好像有一个北方的五谷女神，正在我们的田亩上撒下无数银色的谷种。

  我们也睡着了，一觉醒来，正是冬天的早晨。万籁无声，雪厚厚地堆着，窗台上像是铺了温暖的棉花；窗格子显得加宽了，玻璃上结了冰纹，光线暗淡而恬静，更加强了屋内舒适愉快的感觉。早晨的安静，似乎静在骨子里，我们走到窗口，挑了一处没有冰霜封住的地方，眺望田野的景色；可是我们单是走这几步路，脚下的地已经在吱吱作响。窗外一幢幢的房子都是白雪盖顶；屋檐下、篱笆上都累累地挂满了雪条；院子里像石笋似的站了很多雪柱，雪里藏的是什么，我们却看不出来，大树小树从四面八方伸出白色的手臂，指向天空；本来是墙壁篱笆的地方，形状更是奇怪。在昏暗的大地上面，它们向左右延伸，如跳如跃，似乎大自然一夜之间，把田野风景重新设计过，好让人间的画师来临摹。

　　我们悄悄地拔去了门闩，雪花飘飘，立刻落到屋子里来；走出屋外，寒风迎面扑来，利如刀割。星光已经不这么闪烁光亮，地平线上面笼罩着一层昏昏的铅状的薄雾。东方露出一种奇幻的古铜色的光彩，表示天快要亮了；可是四面的景物，还是模模糊糊，一片幽暗，鬼影憧憧，疑非人间。耳边响起各种声音，鸡啼狗吠，木柴的砍劈声，牛群的低鸣声；声音本身并没有特别凄凉之处，只是天色未明，这种种活动显得太庄严了，太神秘了，不像是人间所有的。院子里，雪地上，狐狸和水獭所留下的脚印犹新，这使我们想起：即使在冬夜最静寂的时候，自然界生物没有一个钟头不在活动，它们还在雪上留下痕迹。

　　把院子门打开，我们以轻快的脚步，踏上寂寞的乡村公路，雪干而脆，脚踏上去发出破碎的声音；早起的农夫，驾了雪橇，到远处的市场去赶早市；这辆雪橇一夏天都在农夫的门口闲放着、与木屑稻梗为伍，现在可有了用武之地，它的尖锐清晰刺耳的声音，对于早起赶路之人，也有提神醒脑的作用。农舍窗上虽然积雪很多，但是屋里的农夫已经早把蜡烛点起，烛光孤寂地照射出来，像一颗暗淡的星。树际和雪堆之间，炊烟也是一处一处地从烟囱里往上飞升。

　　大地冰冻，远处鸡啼狗吠；从各处农舍门口，也不时地传来噼啪劈柴的声音。空气稀薄干寒，只有比较美妙的声音才能传入我们的耳朵，这种声音听来都有一种简短的可是悦耳的颤动；凡是至清至轻的流体，波动总是少发即止，因为里面粗粒硬块，早就沉到底下去了。声音从地平线的远处传来，都清越明亮，犹如钟声，冬天的空气清明，不像夏天那样的多杂质阻碍，因此声音听来也不像夏天那样的毛糙模糊。脚下的土地，铿锵有声，如叩坚硬的古木；一切乡村间平凡的声音，此刻听来都美妙悦耳；树上的冰条，互相撞击,其声琮琤,如流水,如妙乐。

　　大气里面一点水分都没有,水蒸气不是干化,就是凝结成冰霜了;空气十分稀薄而似有弹性,人呼吸其中,自觉心旷神怡。天似乎是绷紧了的,往后收缩。人从下上望,很像处身大教堂中,顶上是一块连一块弧状的屋顶;空气中闪光点点,好像有冰晶浮游其间。据在格陵兰住过的人告诉我们说,那边结冰的时候,"海就冒烟,像大火燎原一般;而且有一种雾气上升,名叫烟雾;这种烟雾有害健康,伤人皮肤,能使人手脸等处,生疮肿胀"。我们这里的寒气,虽然其冷入骨,然而质地清纯,可提神,可清肺;我们不能把它认为是冻结的雾,只能认为是仲夏的雾气的结晶,经过寒冬的洗涤,越发变得清纯了。

　　太阳最后总算从远处的林间上升,阳光照处,空中的冰霜都融化,隐隐之中似乎有铙钹伴奏,铙钹每响一次,阳光的威力逐渐增加;时间很快从黎明变成早晨,早晨也越来越成长,很快地把西面远处的山头,镀上一层金色。我们匆匆地踏着粉状的干雪前进,因为思想感情更为激动,内心发出一种热力,天气也好像变得像十月小阳春似的温暖。假如我们能改造我们的生活,和大自然更能配合一致,我们也许就无需畏惧寒暑之侵,我们将同草木走兽一样,认大自然是我们的保姆和良友,她是永远照顾着我们的。

　　大自然在这个季节,显得特别纯洁,这是使我们觉得最为高兴的。残干枯木,苔痕斑斑的石头和栏杆,秋天的落叶,到现在被大雪掩盖,像上面盖了一块干净的手巾。寒风一吹,无孔不入,一切乌烟瘴气都一扫而空,凡是不能坚贞自守的,都无法抵御;因此凡是在寒冷荒僻的地方(例如在高山之顶),我们所能看得见的东西,都是值得我们尊敬的,因为它们有一种坚强的纯朴的性格——一种清教徒式的坚韧。别的东西都寻求隐蔽保护去了,凡是能卓然独立于寒风之中者,一定是天地灵气之所钟,是自然界骨气的表现,它们具有天神般的勇敢。空气经过洗涤,呼吸进去特别有劲。空气的清明纯洁,甚至用眼睛都能看得出来;我们宁可整天处在户外,不到天黑不回家,我们希望朔风像吹过光秃秃的大树一般地吹彻我们的身体,使得我们更能适应寒冬的气候。我们希望借此能从大自然借来一点纯洁坚定的力量,这种力量对于我们是一年四季都是有用的。

作者简介

弗兰克·诺里斯

（1870–1902）

美国作家。主要作品有小说《麦克提格》、《章鱼》、《深渊》。

小 麦

在这辽阔广大的圣华基恩河流域的每一处地方，在看不见、听不到的地方，有成千上万台联犁在翻地，上万片犁铧深深地刺进那暖烘烘、湿漉漉的土壤。

大地仿佛正在气喘吁吁地盼望着这等候已久的爱抚，那是多么强健有力、富有男性风味啊。无数铁手像巨人似的把大地搂在怀里，紧揪住大地那暖烘烘的棕色肌肤，这种毛手毛脚的追求方式，剧烈得近乎粗野，叫大地起了狂鸣，热情如火，浑身哆嗦。那里，在阳光下，在万里无云、光辉灿烂的天空下，这场追求那巨人的好戏开场了。这是势不可挡的原始的欲望，这两股世界性的力量，是原始的男性和女性，像两个巨人似的搂在一起，怀着一股无限大的欲望，又可怕又神圣，无法无天，狂放不羁，又野蛮，又自然，又崇高，他们给这欲望折磨得痛苦万分，彼此揪住了不肯放手。

这回差不多是白天了。东方泛着乳白色。安尼斯特四下望望，只见大地上布满了亮光。可是这光景变了样啦，一夜工夫，发生了什么事。他心情很激动，起先觉得这变化令人难以捉摸，简直是真幻莫辨，虚无缥缈。可是，这时四周越来越亮了，他再朝眼前那片像一卷羊皮纸似的、从天边伸展到天边的田地望望。这变化并非真的是真幻莫辨。这变化是货真价实的。大地不再是光秃秃的，这里不再是一片荒芜的景象——不再是空荡荡的，不再是一片暗沉沉的棕色了。安尼斯特一下子叫出声来。

小麦啊，小麦啊，就在这里啦！选那颗小小的种子早给播下了，在黑洞洞的土壤深处抽苗发芽，拼命蠢动、膨胀，一夜工夫，一下子冒出头来，到了亮光里。麦子露头啦。它就在他的面前、他的四周，什么地方都是，一眼望不到头，多得不可胜数。冬天的褐土上铺上了一层闪着微光的绿苗。播种的工作有了指望。大地是个忠心耿耿的母亲，她从来不失信，从来不叫人失望，这回又履行了她的诺言啦。世界各国的元气又恢复了，天下万方的力量又新生了。那个慈悲为怀、泰然自若的巨人睡了一下，又醒过来了。于是，这晨光的光辉灿烂地燃烧起来，照耀着这个给一个女人的爱情弄得心花怒放的农人和一片喜气洋洋的大地。这大地，因为履行了一个神圣不可侵犯的诺言，而闪着不可一世、气象万千的光芒。

作者简介

海伦·凯勒

（1880－1968）

美国盲聋女作家、教育家、慈善家、社会活动家。主要作品有《假如给我三天光明》、《我的生活》、《我的老师》等。

假如给我三天光明

  我们都曾读到过这样激动人心的故事：故事的主角能活下去的时间已经很有限了，有的可以长到一年；有的却只有二十四小时。对于这位面临死亡的人打算怎样度过最后的时日，我们总是感到很有兴趣的——当然，我说的是可以有选择条件的自由人，而不是待处决的囚犯，那些人的活动范围是有限的。

  这一类的故事使我们深思，我们会想到：如果我们自己也处于同样的地位，该怎么办？人都是要死的，在这最后的时辰，应当做一点什么？体验点什么？和什么人往来？在回首往事的时候，什么使我们感到快乐？什么使我们感到遗憾呢？

  我常想，如果每一个人在刚成年时都能突然聋盲几天，那对他可能会是一种幸福。黑暗会使他更加懂得光明的可贵；寂静会教育他懂得声音的甜美。

  我曾多次考察过拥有光明的朋友，想让他们体会到他们能看到些什么。最近，我有一位很要好的朋友来看我，她刚从森林里散步回来。我问她发现了什么。"没有什么特别的。"她回答，好在我对这类回答已经习惯了，因为很久以来，我就深信有视力的人所能看到的东西其实很少，否则，我是难以相信她的回答的。

我问我自己,在树林里走了一个小时,却没看到什么值得注意的东西,这难道可能么?我是个瞎子,但是我光凭触觉就能发现数以百计的有趣的东西。我能摸出树叶的精巧的对称图形,我的手带着深情抚摸银桦的光润的细皮,或者松树的粗糙的凸凹不平的硬皮。在春天,我怀着希望抚摸树木的枝条,想找到一个芽蕾,那是大自然在冬眠之后苏醒的第一个征兆。我感觉到花朵的美妙的丝绒般的质地,发现它惊人的螺旋形的排列——我又探索到大自然的一种奇妙之处。如果我幸运的话,在我把手轻轻地放在小树上时,还能偶然感到小鸟在枝头讴歌时所引起的欢乐的颤动。小溪的清凉的水从我撒开的指间流过,使我欣慰,松针或绵软的草叶铺成的葱茏的地毯比最豪华的波斯地毯还要可爱。春夏秋冬——在我身边展开,这对我是一出无穷无尽的惊人的戏剧。这戏的动作是在我的指头上流过的。

我的心有时大喊大叫,想看到这一切。既然我单凭触觉就能获得这么多的快乐,视觉所能展示于人的,又会有多少!但是很显然,有视觉的人看见的东西却很少。他们对充满这大千世界的色彩、形象、动态所构成的广阔的画面习以为常。也许对到手的东西漠然置之,却在追求自己所没有的东西,是人之常情吧。但是,在有光明的世界里,视觉的天赋只是被当成一种方便,而不是当作让生命更加充实的手段,这毕竟是令人非常遗憾的事。

为了最好地说明问题,不妨让我设想一下,如果我能有,比如说,三天的光明。我最希望看到什么东西。在我设想的时候,你也不妨动动脑子,设想一下如果你也只能有三天光明,你打算看见些什么。如果你知道第三天的黄昏之后,太阳便再也不会为你升起的话,你将如何使用这些宝贵的三天呢?你最渴望看见的东西是什么呢?

如果由于某种奇迹,我能获得三天光明,然而再回到黑暗中去的话,我将把这段时间分作三个部分。

在第一天，我将看看那些以他们的慈爱、温情和友谊使我的生命值得活下去的人。首先我一定要长久地打量我亲爱的老师安妮沙莉文·梅西太太。是她在我孩提时代来到我的身边，为我开启了外部世界的大门。我不但要细看她的面部的轮廓，让它存留在我的记忆里，而且要研究她那张面孔，找出生动的证据，说明她在完成对我的教育这项艰苦的任务时所表现出来的温和与耐性。我要从她的眼里看见她性格的力量。那力量使我坚强地面对困难。我还要看到她在我面前常常流露的对人类的同情。如何通过"灵魂的窗户"看到朋友的心灵深处，我是不懂得的。我只能通过指尖探索到人们面部的轮廓。我能感到欢笑、悲伤和许多明显的感情。我是通过触摸他们的面部认识我的朋友的……

我很熟悉在我身边的朋友，因为成年累月的交往让他们把自己的各个侧面都呈现在我的面前。然而对于偶然结识的朋友，我却只有通过握手，通过指尖触摸他唇上的话句，和他们在我的掌心里的点划，得到一点不完全的印象。

你们有眼睛的人只需通过观察细微的表情：肌肉的震颤、手的动作，便能迅速地把捉住另一个人的基本性格，那是多么轻松，多么方便啊！但是，你曾想过用你的眼睛去深入观察朋友或熟人的内在性格没有呢？你们大部分有眼睛的人，对人家的面孔是不是经常只随意看到一点外部轮廓就放过去了呢？

有眼睛的人对身边的日常事物很快就习以为常了。他们实际上只看到惊人的和特别触目的部分。而且就是在特别触目的景象面前，他们的眼睛也是懒惰的。每天的法庭记录都说明"证人"们的眼睛是多么地不准确。同一个事件有多少个"证人"，就会有多少个不同的印象。有的人比别的人看到的多一些，然而能把他们视觉范围内的东西全部看到的人却寥寥无几。

啊！如果我有三天光明，我能看到多少东西啊！

第一天我一定很忙，我要把我所有的亲爱的朋友请来，久久地观看他们的面孔，把体现他们内心美的外部特征深深地印在我的心上。我还要细看婴儿的面庞。我要观察在个体认识到矛盾之前的强烈的天真的美——那矛盾是随着生命的发展而发展的。我还想观察我那几条忠心耿耿的狗的眼睛——庄重、老练的小苏格兰、小黑，还有高大结实、善解人意的大丹麦狗赫耳加。它们曾以热烈、温柔和快活的友谊给了我极大的安慰。

在我最忙的第一天，我也想看一看家里的琐碎简单的事物。我想看看我脚下的地毯的温暖的色彩，看看墙上的画，看看那些我所熟悉的琐碎的东西。是它们把一所房屋变成了家。我的眼睛会带着敬意停留在我所读过的凸文书籍上，但是我恐怕会对印刷出来给有眼睛的人读的书感到更加强烈的兴趣。因为在我的生命的漫长的黑夜之中，我所读过的书和别人为我"读"的书，已经构筑成了一座巨大的灿烂的灯塔，为我照亮了人的生命和精神的最深邃的航道。

在我有眼睛的第一天的下午，我要在树林里作一个漫长的散步，用大千世界的种种美景刺激我的眼帘，我要竭尽全力在几小时之内吸取那光辉广阔的场面——那对有眼睛的人永远展现的场面。在我从林间散步回来的路上，我走着的小径会从田野旁经过，我可以看到温驯的马翻耕着土地（说不定只看到一部拖拉机），也可以看到那些紧靠泥土生活的人们怡然自得的神情。我还要祈祷让我看到一个绚丽多彩的落日。

黄昏降临之后，我还会体察到一种双重的欢乐；我能借助人造的光明来看到世界，在大自然命令出现黑暗的时候，人类却凭自己的聪明才智创造出了光明，延长了自己的视力。

在我能看见的第一个晚上，我大概会睡不着觉，我心里一定会充满对白天的丰富的回忆。

第二天——我能看见的第二天，我将和黎明同时起身，去观看那把黑夜变成白昼的令人惊心动魄的奇景。我要怀着敬畏的心情观看那宏伟浩瀚的、光华灿烂的景色，太阳就是用它唤醒了沉睡的地球的。

我要拿这一天迅速地纵观世界，观察它的过去和现在。我要看到人类进步的奇迹，看到万花筒一般的各个历史时代。我怎么能在一天之内看到这样众多的事情呢？当然得靠博物馆。我曾多次参观过纽约的自然历史博物馆。我曾用手触摸过那儿的展品。但是，我也曾希望用我的眼睛看见在那儿展出的地球和它的居民的简要的历史；我要看到在自己的天然环境里生长的动物和不同人种的人；看到恐龙和乳齿象的庞大的骸骨，它们在个子矮小但脑力强大的人类征服动物界之前许久曾在大地上漫游。我还要看到有关动物、人类、人类的工具的生动实际的展览品。人类利用工具在地球上为自己开辟了安全的家园。我还要看到自然史上的一千零一个其他方面。

我不知道本文读者中有多少人曾在那动人的博物馆里看到过各类生物的广阔画面。当然，有许多人没有这样的机会，但是我相信不少人虽有这样的机会却没有加以使用。博物馆的确是一个值得你使用眼睛的地方。你们可以在那儿多日流连，得到丰富的教益。但我却只有想象中的三天，因此只能匆匆看过就离开。

下一站我要到都会美术博物馆去。自然历史博物馆揭示了世界的物质面，美术博物馆则反映出了人类精神的千姿百态。在整个人类历史中，对于艺术表现的要求和对于吃、住、繁衍的要求一样强烈。在这儿，美术博物馆的宽大的展览室将通过古埃及、古希腊和古罗马的艺术展示出这些民族的精神世界。古尼罗河土地上的男女神灵的雕像，我的手指对它们是很熟悉的。我也曾触摸过巴底农神庙的壁饰浮雕的复制品。我曾体会到冲锋陷阵的雅典勇士们有节奏的美。阿波罗、维纳斯和萨莫特雷斯的有翅膀胜利女神雕像，都是我指尖上的朋友。荷马那疙里疙瘩的有胡须的面庞使我感到分外亲切，因为他也懂得瞎眼的痛苦。

我的指头曾在古罗马和后世的生动的大理石雕像上流连。我曾抚摸过米开朗琪罗的动人的英雄摩西的石膏像。我曾触摸到罗丹作品的气魄；我曾对哥德人的木雕所表现的虔诚肃然起敬。我能懂得这些能触摸到的艺术品，但是，它们本是用来看，而不是用来摸的。它们的美至今对我隐蔽着，我只能猜想。我能赞叹希腊花瓶的单纯的线条，但是它的形象装饰我却无法感受。

因此，在我能看见的第二天，我将通过观看人类的艺术去探索人类的灵魂。过去我凭触觉感受到的东西，现在我要用眼睛去看到了。更为绝妙的是整个绚丽的绘画世界——从带着平静的宗教献身精神的意大利原始绘画到具有狂热的想象的当代绘画，都将在我面前呈现出夺目的光彩。我要深入地观看拉斐尔、达·芬奇、提香、伦勃朗的画。我要饱览维隆尼斯的温暖的色调，研究厄尔·格勒柯的神奇，把捉科罗画笔下的大自然的新颖形象。啊，拥有光明的人们，在历代的艺术作品中，你们可以看到多么丰富的意义和美啊！

我在艺术殿堂的短暂的巡礼中所能看到的不过是向你们开放的艺术世界的很小的一部分。我只能获得一个浮光掠影的印象。艺术家们告诉我，要想深入、真切地欣赏艺术，必须训练眼睛；要通过经验衡量线条、构图、形体和色彩的优劣。如果我拥有光明，我将多么乐于从事这种迷人的研究啊！然而，我却听说，在你们许多拥有光明的人眼中，艺术的世界却是一片没有被探索和照亮的混沌。

我离开都会美术博物馆时，一定十分留恋，那儿有通向美的钥匙——被那样地忽视了的美。不过，有眼睛的人们要寻求通向美的钥匙，并不一定要到都会美术博物馆去。同样的钥匙在小型博物馆甚至在小型图书馆架上的书中也等待着他们。然而，在我所幻想的有限的有光明的时间里，我必须选择可以在最短的时间内打开最巨大的宝藏的钥匙。

在我拥有光明的第二天晚上，我要用来看戏或看电影。就是目前我也经常"看"各种戏剧表演。只是演出的动作得靠一个同伴拼写到我的手心里。我多么想用自己的眼睛看到身穿伊丽莎白时代丰富多采的服饰的哈姆雷特或易于冲动的福斯泰夫啊！我会多么密切地注视着漂亮的哈姆雷特的每一个动作和粗壮的福斯泰夫的每一个步伐！由于我只能看到一个剧，我难免会感到莫衷一是。因为我想看到的剧有好几十个。你们有眼睛，愿看哪一个都可以，我不知道你们有多少人在看戏看电影或其他节目时曾经感觉到眼睛这个奇迹，对它表示感谢？让你欣赏到演出的色彩、动作和美的正是它呢？

我在用手触摸的范围之外，便无法欣赏有节奏的动作。对于巴芙洛娃的娴雅优美，我只能模糊地想象，虽然我也懂得一点节奏的快感，因为我常在音乐震动地板时感到它的节拍。我很能想象节奏鲜明的动作一定会形成世界上最美妙的形象。我常用手指抚摸大理石雕像，依稀懂得一点这种道理。既然这种静止的美如此可爱，那么，如果能看到运动中的美又会是多么令人销魂陶醉！

我最甜蜜的记忆之一是约瑟夫·杰弗逊在表演他心爱的瑞普·凡·温克尔的某些动作和台词时让我触摸了他的面孔和双手。那使我对戏剧的世界有了个朦胧的印象。当时我的快乐我将永远难忘；有眼睛的人们随着戏剧的开展所能看见和听到的交替出现的行动和语言，能给他们多少乐趣呵！可是啊，这种乐趣我却无法体会！我只需看到一次演出，以后便可以在心里想象出一百个剧本的动作。这些剧本我曾读过或通过手语体会过。因此，在我所想象的我有光明的第二天，戏剧文学的伟大形象将从我的眼里挤走全部的睡意。

第三天早上，我将再一次迎接黎明。我渴望获得新的美感，因为我深信，对于那些真正能看见的有眼睛的人来说，每一天的黎明都永远会显示出一种崭新的美。

这一天，按我所设想的奇迹的条件看来，已是我有光明的第三天，也就是最后一天了。要看的东西太多，我不会有时间感到遗憾或渴望的。第一天我用在有生命和无生命的朋友身上了，第二天向我展示了人类和自然的历史，今天，我要到忙于生活事务的人们的地方去看看当前的日常世界。还能有什么比纽约更纷纭繁复的地方么？纽约就是我的目的地。我的家在森林山，坐落在长岛一个小巧幽静的郊区，那儿在葱茏的草地、树木和花朵之中，有整洁玲珑的住宅，有妇女们和孩子们的活动和欢笑。这是个平静的安乐窝，男人们在城里工作一天之后，便回到这里来。我从这里驱车出发驶过横跨东河的花边一样的钢架桥梁。我会得到一个令我赞叹的新印象，它向我显示出人类心灵的力量和聪明。河里面船舶往来如织，轧轧地响着，有飞速的快艇，也有喷着鼻息的没精打采的拖驳。如果我时间还很多的话，我要花许多时日来观察河上的有趣的活动。

我往前看，在我眼前升起的是纽约城千奇百怪的高楼大厦——好像是一座从童话中升起的城市。闪光的塔楼、巍然耸立的钢铁和石头的壁垒，多么叫人惊心动魄！——就是众神为自己修造的宫阙也不过如此！这一幅活跃的图画是数以百万计的人们日常生活的一部分。可是我不知道有多少人看过它第二眼？我估计人数很少。人们对这宏伟的景象是看不见的，因为对它太熟悉。

我匆匆忙忙地登上一座巍峨的高楼——帝国大厦，因为不久前我曾在那里通过我秘书的眼睛"看"到了脚下的城市。我急于要把我那时的想象和现在的现实相印证。我深信我对即将展现在我眼前的宏伟图景不会失望，因为它对于我来说是另一个世界的幻象。

现在我开始周游这座城市了。首先，我要站在一个闹市的角落里，凝望着行人，不做别的事，我要从他们的眼神里看到他们生活的某些侧面。我看到微笑，便感到高兴；我看到坚强的决心，便感到骄傲；我看到痛苦，也不禁产生同情。

我沿着五号大街漫步，我要放眼纵观，不看个别的对象，只看那沸腾的、五彩缤纷的场面。我相信在人群中往来的妇女的服装，一定是万紫千红、色彩绚丽的，叫我永远也看不厌。但是如果我的眼睛看得见的话，我会像别的妇女一样，只对个别服装的式样和剪裁发生兴趣，而忽略了人群中的色彩的美艳。我还深信，我会流连于橱窗之间，久久不肯离开，因为展出在那儿的货品一定是琳琅满目，美不胜收的。

我离开五号大街，又去观光全城。我到公园大街去，到贫民窟去，到工厂去，到孩子们游玩的公园去。我去参观外国人的居住区，这是身在国内却又出国旅行的办法。为了深入探索，加强我对人们的工作和生活的理解，我将永远对一切快乐和痛苦的形象睁大我的双眼。人和事的种种形象将充满我的心。我的眼睛决不会把任何东西视作无足轻重而轻易放过。我的目光所到之处，都要探索和紧紧地把捉。有些场面欢乐，它使我的心也充满欢乐；但是也有痛苦的场面，痛苦得叫人伤感。对种种痛苦的场面，我绝不会闭上眼睛，因为那也是生活的一部分。对它闭上了眼睛，也就是闭上了心灵和思想。

我拥有光明的第三天快结束了。也许我还应当把剩下的几个小时作许多严肃的追求。但我担心在那最后的晚上，我又会跑到戏院去看一场欢笑谐谑的戏。这样，我便能欣赏到人类精神中喜剧的情趣。

我暂时获得的光明到半夜就要结束了，我又将陷入无尽的黑夜之中。在短短的三天内，我是不可能看到我想看到的一切的。只有当黑暗再度降临到我身上之后，我才会懂得我漏掉了多少东西。不过，我的心里仍然充满光明的回忆，因此没有时间感到遗憾。此后我每触摸到一样东西，都会想起它的样子，从而唤起一段美妙的回忆。

我是个瞎子，我对有眼睛的人只有一个建议：我要劝告愿意充分使用视觉这种天赋的人，要像明天你就会变成瞎子一样充分使用你的眼睛。同样的设想也可以用于其他的感官。要像明天你就会变成聋子一样，聆听话语中的音乐、鸟儿们的歌唱和交响乐队雄浑的乐章。要像明天你的触觉就会消失一样去抚摸你想抚摸的一切。要像你明天就会失去嗅觉和味觉一样去品味花朵的馨香和食物的美味，充分地使用你的感官陶醉于大自然通过你天赋的不同知觉对你显示出的种种快感和美感中去吧，不过，在一切感官之中，我仍深信视觉是最令人快乐的。

热爱生命

作者简介

房龙

(1882 – 1944)

美国作家、历史学家。主要作品有《文明的开端》、《人类的故事》、《圣经的故事》、《宽容》等。

宽容的人们

在宁静的无知山谷里，人们过着幸福的生活。

永恒的山脉向东西南北各个方向蜿蜒绵亘。

知识的小溪沿着深邃破败的溪谷缓缓地流淌。

它发源于昔日的荒山。它消失在未来的沼泽。

这条小溪并不像江河那样波澜滚滚，但对于需求不多的村民来说，已经绰有余裕。

晚上，村民们饮毕牲口，灌满水桶，便心满意足地坐下来，尽享天伦之乐。

守旧的老人们被搀扶出来，他们在阴凉角落里度过了整个白天，对着一本神秘莫测的书苦思冥想。他们向儿孙们唠叨着古怪的字眼，可是孩子们却惦记着玩耍别人从远方捎来的漂亮石子。

这些字眼的含义往往模糊不清。

不过，它们是一千年前由一个已不为人所知的部族写下的，因此神圣而不可亵渎。

在无知山谷里，老的东西总是受到尊敬。

谁否认祖先的智慧，谁就会遭到正人君子的冷落。所以，大家都和睦相处。

恐惧总是陪伴着人们。谁要是得不到果园里果实中应得的份额，又该怎么办呢？

深夜，在小镇狭窄的街巷里，人们低声讲述着情节模糊的往事，讲述那些敢于提出问题的男男女女。

这些男男女女后来走了，再也没有回来。

另一些人曾试图攀登挡住太阳的岩石高墙。

但他们陈尸石崖脚下，白骨累累。

日月流逝，年复一年。

在宁静的无知山谷里，人们过着幸福的生活，外面是一片漆黑，一个人正在爬行。

他手上的指甲已经磨破。他的脚上缠着破布，布上浸透着长途跋涉留下的鲜血。

他跌跌撞撞来到附近的一间草房，敲了敲门。

接着他昏了过去。借着颤动的烛光，他被抬上一张吊床。

到了早晨，全村都已知道："他回来了。"

邻居们站在他的周围，摇着头。他们明白，这样的结局是注定的。

对于敢于离开山脚的人，等待他的是屈服和失败。

在村子的一角，守旧老人们摇着头，低声倾吐着恶狠狠的词句。

他们并不是天性残忍，但律法毕竟是律法。

他违背了守旧老人的意志，犯了弥天大罪。

他的伤一旦治愈，就必须接受审判。

守旧老人本想宽大为怀。

他们没有忘记他母亲的那双奇异闪亮的眸子，也回忆起他父亲三十年前在沙漠里失踪的悲剧。

不过，律法毕竟是律法，必须遵守。

守旧老人是它的执行者。

守旧老人把漫游者抬到集市区，人们毕恭毕敬地站在周围，鸦

雀无声。

漫游者由于饥渴,身体还很衰弱。老者让他坐下。他拒绝了。

他们命令他闭嘴。但他偏要说话。

他把背转向老者,两眼搜寻着不久以前还与他志同道合的人。

"听我说吧,"他恳求道,"听我说,大家都高兴起来吧!我刚从山的那边来。我的脚踏上新鲜的土地,我的手感觉到了其他民族的抚摸,我的眼睛看到了奇妙的景象。

"小时候,我的世界只是父亲的花园。

"早在创世的时候,花园东面、南面、西面和北面的疆界就定下来了。

"只要我问疆界那边藏着什么,大家就不住地摇头,一片嘘声。可我偏要刨根问底,于是他们把我带到这块岩石上,让我看那些敢于蔑视上帝的人的粼粼白骨。

"骗人!上帝喜欢勇敢的人!我喊道。于是,守旧老人走过来,对我读起他们的圣书。他们说,上帝的旨意已经决定了天上人间万物的命运。山谷是我们的,由我们掌管;野兽和花朵,果实和鱼虾,都是我们的,按我们的旨意行事。但山是上帝的。对山那边的事物我们应该一无所知,直到世界的末日。

"他们在撒谎。他们欺骗了我,就像欺骗了你们一样。

"那边的山上有牧场,牧草同样肥沃,男男女女有同样的血肉,城市经过一千年能工巧匠细心雕琢,光彩夺目。

"我已经找到一条通往更美好的家园的大道,我已经看到幸福生活的曙光。跟我来吧,我带领你们奔向那里。上帝的笑容不只是在这儿,也在其他地方。"

他停住了,人群里发出一声恐怖的吼叫。

"亵渎。这是对神圣的亵渎。"守旧老人叫喊着,"给他的罪行以应有的惩罚吧!他已经丧失理智,胆敢嘲弄一千年前定下的律法。他死有余辜!"

人们举起了沉重的石块。人们杀死了这个漫游者。

人们把他的尸体扔到山崖脚下，借以警告敢于怀疑祖先智慧的人，杀一儆百。没过多久，爆发了一场特大干旱。潺潺的知识小溪枯竭了，牲畜因干渴而死去。粮食在田野里枯萎，无知山谷里饥声遍野。

不过，守旧老人们并没有灰心。他们预言说，一切都会转危为安，至少那些最神圣的篇章是这样写的。况且，他们已经很老了，只要一点食物就足够了。

冬天降临了。

村庄里空荡荡的，人稀烟少。

半数以上的人由于饥寒交迫已经离开人世。活着的人把唯一的希望寄托在山脉那边。

但是律法却说："不行！"

律法必须遵守。

一天夜里，爆发了叛乱。

失望把勇气赋予那些由于恐惧而逆来顺受的人们。

守旧老人们无力地抗争着。

他们被推到一旁，嘴里还抱怨着自己的命运不济，诅咒孩子们的忘恩负义。

不过，当最后一辆马车驶出村子时，他们叫住了车夫，强迫他把他们带走。

这样，投奔陌生世界的旅程开始了。

离那个漫游者回来的时间，已经过了很多年，所以要找到他开辟的道路并非易事。

成千上万的人死了，人们踏着他们的尸骨，才找到第一座用石子堆起的路标。

此后，旅程中的磨难少了一些。

那个细心的先驱者已经在丛林和无际的荒野乱石中用火烧出了

一条宽敞大道。

它一步一步把人们引到新世界的绿色牧场。大家相视无言。

"归根结底他是对了,"人们说道,"他对了,守旧老人错了……"

"他讲的是实话,守旧老人撒了谎……"

"他的尸首还在山崖下,可是守旧老人却坐在车里,唱那些老掉牙的调子。"

"他救了我们,我们反倒杀死了他。"

"对这件事我们的确很内疚,不过,假如当时我们知道的话,当然就……"

随后,人们解下马和牛的套具,把牛羊赶进牧场,建造起自己的房屋,规划自己的土地。此后很长时间,人们又过着幸福的生活。

几年以后,人们建起了一座新大厦,作为智慧老人的住宅,并准备把勇敢先驱者的遗骨埋在里面。

一支肃穆的队伍回到了早已荒无人烟的山谷。但是,山脚下空空如也,先驱者的尸首荡然无存。

一只饥饿的豺狼早已把尸首拖入自己的洞穴。

人们把一块小石头放在先驱者足迹的尽头(现在那已是一条大道),石头上刻着先驱者的名字,一个首先向未知世界的黑暗和恐怖挑战的人的名字,他把人们引向了新的自由。

石头上还写明,它是由前来感恩朝礼的后代所建。

这样的事情发生在过去,也发生在现在,不过将来(我们希望)这样的事不再发生了。

作者简介

爱·布·怀特

(1899–1985)

美国著名散文家。主要文集有《这里是纽约》、《街角过来第二棵树》、《我的罗盘上的方位》等。

再到湖上

大概在1904年的夏天，父亲在缅因州的某湖上租了一间露营小屋，带我们去消磨了整个八月。我们从一批小猫那儿染上了金钱癣，不得不在臂腿间日日夜夜涂上旁氏浸膏，父亲则和衣睡在小划子里；但是除了这一些，假期过得很愉快。自此之后，我们中无人不认为世上再没有比缅因州这个湖更好的去处了。一年年夏季我们都回到这里来——总是从八月一日起，逗留一个月时光。我这样一来，竟成了个水手了。夏季里有时候湖里也会兴风作浪，湖水冰凉，阵阵寒风从下午刮到黄昏，使我宁愿在林间能另有一处宁静的小湖。就在几星期前，这种愿望越来越强烈，我便去买了一对钓鲈鱼的钩子，一只能旋转的盛鱼饵器，启程回到我们经常去的那个湖上，预备在那儿垂钓一个星期，还再去看看那些梦魂萦绕的老地方。

我把我的孩子带了去，他从来没有让水没过鼻梁过，他也只有从列车的车窗里，才看到过莲花池。在去湖边的路上，我不禁想象这次旅行将是怎样的一次。我缅想时光的流逝会如何毁损这个独特的神圣地方——险阻的海角和潺潺的小溪，在落日掩映中的群山，露营小屋和小屋后面的小路。我缅想那条容易辨认的沥青路；我又缅想那些已显荒凉的其他景色。一旦让你的思绪回到旧时的轨迹时，简直太奇特了，你居然可以记忆起这么多的去处。你记起这件事，瞬间又记起了另一件事。我想我对于那些清晨的记忆是最清楚的，彼时湖上清凉，水波不兴，记起木屋的卧室里可以嗅到圆木的香味，这些味道发自小屋的木材，和从纱门透进来的树林的潮味混为一气。木屋里的间隔板很薄，也不是一直伸到顶上的，由于我总是第一个起身，便轻轻穿戴以免惊醒了别人，然后偷偷溜出小屋去到清爽的气氛中，驾起一只小划子，沿着湖岸上一长列松林的阴影里航行。我记得自己十分小心不让划桨在船舷上碰撞，唯恐打搅了湖上大教堂的宁静。

这处湖水从来不该被称为渺无人迹的。湖岸上处处点缀着零星小屋，这里是一片耕地，而湖岸四周树林密布。有些小屋为邻近的农人所有；你可以住在湖边而到农家去就餐，那就是我们家的办法。虽然湖面很宽广，但湖水平静，没有什么风涛，而且，至少对一个孩子来说，有些去处看来是无穷遥远和原始的。

我谈到沥青路是对的，就离湖岸不到半英里；但是当我和我的孩子回到这里，住进一间离农舍不远的小屋，就进入我所稔熟的夏季了，我还能说它与旧日了无差异——我知道，次晨一早躺在床上，一股卧室的气味，还听到孩子悄悄地溜出小屋，沿着湖岸去找一条小船。我开始幻觉到他就是小时的我，而且，由于换了位置，我也就成了我的父亲。这一感觉久久不散，在我们留居湖边的时候，不断显现出来。这并不是全新的感情，但是在这种场景里越来越强烈。我好似生活在两个并存的世界里。在一些简单的行动中，在我拿起鱼饵盒子或是放下一只餐叉，或者我在谈到另外的事情时，突然发现这不是我自己在说话，而是我的父亲在说话或是摆弄他的手势。这给我一种悚然的感觉。

次晨我们去钓鱼。我感到鱼饵盒子里的蚯蚓同样披着一层苔藓，看到蜻蜓落在我钓竿上，在水面几英寸处飞翔，蜻蜓的到来使我毫无疑问地相信一切事物都如昨日一般，流逝的年月不过是海市蜃楼，一无岁月的间隔。水上的涟漪如旧，在我们停船垂钓时，水波拍击着我们的船舷有如窃窃私语，而这只船也就像是昔日的划子，一如过去那样漆着绿色，折断的船骨还在旧处，舱底更有陈年的水迹和碎屑——死掉的翅虫蛹，几片苔藓，锈了的废鱼钩和昨日捞鱼时的干血迹。我们沉默地注视着钓竿的尖端，那里蜻蜓飞来飞去。我把我的钓竿伸向水中，短暂而又悄悄避过蜻蜓，蜻蜓已飞出两英尺开外，平衡了一下又栖息在钓竿的梢端。今日戏水的蜻蜓与昨日的并无年限的区别——不过两者之一仅是回忆而已。我看看我的孩子，他正默默地注视着蜻蜓，而这就如我的手替他拿着钓竿，我的眼睛在注视一样。我不禁目眩起来，不知道哪一根是我握着的钓竿。

我们钓到了两尾鲈鱼，轻快地提了起来，好像钓的是鲭鱼，把鱼从船边提出水面完全像是事所当然，而不用什么抄网，接着就在鱼头后部打上一拳。午餐前当我们再回到这里来游泳时，湖面正是我们离去时的老地方，连码头的距离都未改分厘，不过这时却已刮起一阵微风。这地方看来完全是使人入迷的海湖。这个湖你可以离开几个钟点，听凭湖里风云多变，而再次回来时，仍能见到它平静如故，这正是湖水的经常可靠之处。在水浅的地方，如水浸透的黑色枝丫，陈旧又光滑，在清晰起伏的沙底上成丛摇晃，而蛤贝的爬行踪迹也历历可见。一群小鱼游了过去，游鱼的影子分外触目，在阳光下是那样清晰和明显。另外还有来宿营的人在游泳，沿着湖岸，其中一个拿着一块肥皂，水显得模糊和非现实的了。多少年来总有这样的人拿着一块肥皂，这个有洁癖的人，现在就在眼前。年份的界限也跟着模糊了。

上岸后到农家去吃饭，穿过丰饶的满是尘土的田野，在我们橡胶鞋脚下踩着的只是条两股车辙的道路，原来中间那一股不见了，本来这里布满了牛马的蹄印和薄薄一层干透了的粪土。那里过去是三股道，任你选择步行的；如今这个选择已经减缩到只剩两股了。有一刹那我深深怀念这可供选择的中间道。小路引我们走过网球场，蜿蜒在阳光下再次给我信心。球网的长绳放松着，小道上长满了各种绿色植物和野草，球网（从六月挂上到九月才取下）这时在干燥的午间松弛下垂，日中的大地热气蒸腾，既饥渴又空荡。农家进餐时有两道点心可资选择，一是紫黑浆果做的馅饼，另一种是苹果馅饼；女侍还是过去的普通农家女，那里没有时间的间隔，只给人一种幕布落下的幻象——女侍依旧是十五岁，只是秀发刚洗过，这是唯一的不同之处——她们一定看过电影，见过一头秀发的漂亮女郎。

　　夏天啊夏天，生命的印痕难以磨灭，那永远不会失去光泽的湖，那不能摧毁的树林，牧场上永远永远散发着香蕨木和红松的芬芳，夏天是没有终了的；这只是背景，而湖岸上的生活才正是一幅画图。带着单纯恬静的农舍，小小的停船处，旗杆上的美国国旗衬着飘浮着白云的蓝天在拂动，沿着树根的小路从一处小屋通向另一处，小路还通向室外厕所，放着那铺洒用的石灰，而在小店出售纪念品的一角里，陈列着仿制的桦树皮独木舟和与实景相比稍有失真的明信片。这是美国家庭在游乐，逃避城市里的闷热，想一想住在小湖湾那头的新来者是"一般人"呢还是"有教养的人"，想一想星期日开车来农家的客人会不会因为小鸡不够供应而吃了闭门羹。

　　对我说来，因为我不断回忆往昔的一切，那些时光那些夏日是无穷宝贵而永远值得怀念的。这里有欢乐、恬静和美满。到达（在八月的开始）本身就是件大事情，农家的大篷车一直驶到火车站，第一次闻到空气中松树的清香，第一眼看到农人的笑脸，还有那些重要的大箱子和你父亲对这一切的指手画脚，然后是你座下的大车在十里路上的颠簸不停，在最后一重山顶上看到湖面的第一眼，梦魂萦绕的这汪湖水，已经有十一个月没有见面了。其中宿营人看见你去时的欢呼和喧哗，箱子要打开，把箱里的东西拿出来。（今天抵达已经较少兴奋了，你一声不响地把汽车停在树下近小屋的地方，下车取了几个行李袋，只要五分钟一切就都收拾停当，一点没有骚动，没有搬大箱子时的高声叫唤了。)

　　恬静、美满和愉快。这儿现在唯一不同于往日的，是这地方的声音，真的，就是那不平常的使人心神不宁的舱外推进器的声音。这种刺耳的声音，有时候会粉碎我的幻想而使年华飞逝。在那些旧时的夏季里，所有马达是装在舱里的，当船在远处航行时，发出的喧嚣是一种镇静剂，一种催人入睡的含混不清的声音。这是些单汽缸或双汽缸的发动机，有的用通断开关，有的是电花跳跃式的，但是都产生一种在湖上回荡的催眠声调。单气缸噗噗震动，双汽缸则咕咕噜噜，这些也都是平静而单调的音响。但是现在宿营人都用的是舱外推进器了。在白天，在闷热的早上，这些马达发出急躁刺耳的声音。夜间，在静静的黄昏里，落日余晖照亮了湖面，这声音在耳边像蚊子那样哀诉。我的孩子钟爱我们租来使用舱外推进器的小艇，他最大的愿望是独自操纵，成为小艇的权威，他要不了多久就学会稍稍关闭一下开关（但并不关得太紧），然后调整针阀的诀窍。注视着他使我记起在那种单汽缸而有沉重飞轮的马达上可以做的事情，如果你能摸熟它的脾性，你就可以应付自如。那时的马达船没有离合器，你登岸就得在恰当的时候关闭马达，熄了火用方向舵滑行到岸边。但也有一种方法可以使机器开倒车，如果你学到这个诀窍，先关一下开关然后再在飞轮停止转动前，再开一下，这样船就会承受压力而倒退过来。在风力强时要接近码头，若用普通靠岸的方法使船慢下来就很困难了，如果孩子认为他已经完全主宰马达，他应该使马达继续发动下去，然后退后几英尺，靠上码头。这需要镇定和沉着的操作，因为你如很快把速度开到一秒钟二十次，你的飞轮还会有力量超过中度而跳起来像斗牛一样地冲向码头。

　　我们过了整整一星期的露营生活，鲈鱼上钩，阳光照耀大地，永无止境，日复一日。晚上我们疲倦了，就躺在为炎热所蒸晒了一天而显得闷热的卧室里，小屋外微风吹拂使人嗅到从生锈了的纱门透进的一股潮湿味道。瞌睡总是很快来临，每天早晨红松鼠一定在小屋顶上嬉戏,招徕伴侣。清晨躺在床上——那个汽船像非洲乌班基人嘴唇那样有着圆圆的船尾,她在月夜里又是怎样平静航行,当青年们弹着曼陀铃姑娘们跟着唱歌时,我们则吃着撒着糖末的多福饼,而在这到处发亮的水上夜晚乐声传来又多么甜蜜,使人想起姑娘时又是什么样的感觉。早饭过后,我们到商店去,一切陈设如旧——瓶里装着鲦鱼,塞子和钓鱼的旋转器混在牛顿牌无花果和皮姆牌口香糖中间,被宿营的孩子们移动得杂乱无章。店外大路已铺上沥青,汽车就停在商店门前。店里,与往常一样,不过可口可乐更多了,而莫克西水、药草根水、桦树水和菝葜水不多了,有时汽水会冲了我们一鼻子,而使我们难受。我们在山间小溪探索,悄悄地,在那儿乌龟在太阳曝晒的圆木间爬行,一直钻到松散的土地下,我们则躺在小镇的码头上,用虫子喂食游乐自如的鲈鱼。随便在什么地方,都分辨不清当家做主的我,和与我形影不离的那个人。

有天下午我们在湖上。雷电来临了,又重演了一出为我儿时所畏惧的闹剧。这出戏第二幕的高潮,在美国湖上的电闪雷鸣下所有重要的细节一无改变。这是个宏伟的场景,至今还是幅宏伟的场景。一切都显得那么熟稔,首先感到透不过气来,接着是闷热,小屋四周的大气好像凝滞了。过了下午的傍晚之前(一切都是一模一样),天际垂下古怪的黑色,一切都凝住不动,生命好像夹在一卷布里,接着从另一处来了一阵风,那些停泊的船突然向湖外漂去,还有那作为警告的隆隆声。以后铜鼓响了,接着是小鼓,然后是低音鼓和铙钹,再以后乌云里露出一道光,霹雳跟着响了,诸神在山间咧嘴而笑,舔着他们的腮帮子。之后是一片安静,雨丝打在平静的湖面上沙沙作声。光明、希望和心情的奋发,使宿营人带着欢笑跑出小屋,平静地在雨中游泳。他们爽朗的笑声中,有关于他们遭雨淋的永无止境的笑语,孩子们愉快地尖叫着在雨里嬉戏,新鲜的感觉及遭受雨淋的笑话,用强大的不可毁的力量把几代人连接在一起。遭人嘲笑的人也撑着一把雨伞蹚水而来。

当其他人去游泳时，我的孩子也说要去。他把水淋淋的游泳裤从绳子上拿下来，这条裤子在雷雨时就一直在外面淋着，孩子把水拧干了。我无精打采一点也没有要去游泳的心情，只注视着他，他的硬朗的小身子，瘦骨嶙峋，看到他皱皱眉头，穿上那条又小又潮湿和冰凉的裤子，当他扣上泡涨了的腰带时，我的下腹为他打了一阵死一样的寒战。

作者简介

斯坦贝克

(1902—1968)

美国小说家。主要作品有《愤怒的葡萄》、《伊甸园以东》等。

巨人树

我在巨人树身边过了两天。这儿没有旅客，没有带着照相机吵闹的人群，只有一种大教堂式的肃穆。也许是那厚厚的软树皮吸收了声音才造成这寂静的吧！巨人树耸立着，直到天顶，看不到地平线。黎明来得很早，直到太阳升得老高，辽远天空中的羊齿植物般的绿叶才把阳光过滤成金绿色，分作一道道、一片片的光和影。太阳刚过天顶，便是下午了，紧接着黄昏也到了。黄昏带来一片寂静的阴影，跟上午一样，很漫长。

这样时间变了，平时的早晚划分也变了。我一向认为黎明和黄昏是安静的。在这儿，在这座水杉林里，整天都很安静。鸟儿在蒙胧的光影中飞动，在片片阳光里穿梭，像点点火花，却很少喧哗。脚下是一片积聚了两千多年的针叶铺成的垫子。在这厚实的绒毯上听不见脚步声。我在这儿有一种远离尘世的隐居感。在这儿人们都凝神屏气不敢说话，深怕惊扰了什么——怕惊扰了什么呢？我从孩提时代起，就觉得树林里有某种东西在活动——某种我所不理解的东西。这似乎淡忘了的感觉又立即回到我的心里。

夜黑得很深沉，头顶上只有一小块灰白和偶然的一颗星星。黑暗里有一种呼吸，因为这些控制了白天、占有了黑夜的巨灵是活的，有存在，有感觉，在它们深处的知觉里或许能够彼此交感！我和这类东西（奇怪，我总无法把它们叫作树）来往了大半辈子了。我从小就赤裸裸地接触它们。我能懂得它们——它们的强力和古老。但没有经验的人类到这儿来却感到不安。他们怕危险，怕被关闭、封锁起来。怕抵抗不了那过分强大的力。他们害怕，不但因为巨衫的巨大，而且因为它的奇特。怎呢能不害怕呢？这些树是早侏罗纪的一个品种的最后的孑遗，那是在遥远的地质年代里，那时巨衫曾蓬勃繁衍在四个大陆之上，人们发现过白垩纪初期的这种古代植物的化石。它们在第三纪始新纪和第三纪中新纪曾覆盖了整个英格兰、欧洲和美洲。可是冰河来了，巨人树无可挽回地绝灭了，只有这一片树林幸存下来。这是个令人目眩神骇的纪念品，纪念着地球洪荒时代的形象。在踏进森林里去时，巨人树是否提醒了我们：人类在这个古老的世界上还是乳臭未干、十分稚嫩的，这才使我们不安了呢。毫无疑问，我们死去后，这个活着的世界还要庄严地活下去，在这样的必然性面前；谁还能作出什么有力的抵抗呢？

热爱生命

作者简介

雷切尔·卡森

（1907－1964）

美国生物学家。代表作有《我们周围的大海》、《寂静的春天》。

寂静的春天（节选）

地球上生命的历史即是生物与它们的环境互相作用的历史。在很大程度上，地球上动植物的形体和习性是由环境造成的。考虑到地球的漫长历史，反向作用即生物对其环境的实际影响相对较小。只有在由本世纪所体现的时光瞬间中，一个物种——人——才获得了有效力量去改变他所在世界的大自然。

在过去的1/4世纪里，这种力量不仅增大到了令人不安的程度，而且其性质亦发生了变化。人类对环境最可怕的破坏是用危险甚至致命的物质对空气、土地、河流和海洋的污染。这种污染多数是无法救治的；由它所引发的恶性循环不仅存在于生物赖以生存的世界，而且存在于生物组织中，而这种恶性循环大都不可逆转。在当今对环境的普遍污染中，化学药品是辐射线的凶恶但却被人忽视的同谋，它们共同改变着世界的根本性质——它的生物的根本性质。由核爆炸释放到空中的锶90以放射性尘埃的形式随雨水或漂浮物落到地球上，留在土壤里，进入地上生长着的草、玉米或小麦等植物体内，最后钻进人体，停留在骨骼里直到人死去。同样，喷洒在农田、森林或花园里的化学药品长期留在土壤中，进入活的生物体内，在一种毒害和死亡的连锁反应中从一个生物体传到另一生物体。或者这些化学药品随地下溪流神秘地流淌直至冒出地表，通过空气和阳光的化合作用构成新形式，毒死植物，使牲畜得病，对那些饮用曾一度纯净的井水的人们造成人所不知的危害。

正如阿尔伯特·施威策所说："人甚至连自己创造的魔鬼都认不出来。"要生成现今栖居在地球上的生物需要亿万年的时间——在这漫长的时间里，生物不断发展进化，种类越变越多，达到一种同其环境相适应、相平衡的状态。而环境一丝不苟地塑造和引导它所供养的生物，这环境既包含有利生物生长的成分，又包含有害的成分。某些岩石放射出危险的射线；即便在一切生物从中取得能量的日光中，也包含有伤害力的短波射线。经过一定的时间——不是过了若干年，而是过了千百年，生物适应了环境，达到了平衡，因为时间是最基本的因素。但在现代世界里人们没有时间。

伴随着人类急躁轻率的步伐而非自然界稳健的步履，事物很快发生变化，新情况急剧不断地产生。如今辐射不仅是地球上出现生命之前便存在的岩石隐秘的射线、宇宙射线的轰击以及太阳紫外线；它更是人类拨弄原子的奇异产物。逼迫生物与之适应的化学物质不再只是钙、二氧化硅、铜，以及从岩石上冲刷出来由河流带入海洋的其他矿物质，它们是人类聪明才智所合成的创造物，在实验室里配制而成，在自然界找不到与它们相似的东西。

适应这些化学药品所需时间应以大自然的尺度衡量；人的一生太短暂，它要求的是若干世代的时间。但即令这么漫长的时间内可能奇迹般地实现了适应，也将毫无用处，因为从我们的各个实验室会源源不断地冒出新的化学药品投入实际使用。这数字令人震惊，而且它的深层含义不易为人们所领会——每年有五百种新化学药品需要人和动物的身体以某种方式去与之适应。

它们完全超出了生物学经验的范围。在这些化学药品中，有许多被用于人类对自然的战争。自20世纪40年代中期以来，逾二百种基本化学药品被研制出来，用于杀死昆虫、杂草、啮齿动物和其他现代行话称为"害虫"的生物体；这些化学药品打着数千种不同的商标出售。

这些喷雾液、花粉、烟雾剂现在几乎普遍在农场、花园、森林和家庭中使用——这些化学药品能够不加选择地杀死任何昆虫，不论其是"好"是"坏"；能够使鸟儿不再歌唱，鱼儿不再跳跃于水中；能够以一层剧毒物质覆盖在叶片表面或长期滞留在土壤中。而人们使用所有这些药品消灭的目标或许仅仅是屈指可数的几种杂草或昆虫。难道有人会相信，可以向地球表面倾泻这么多毒物而又继续使它适宜一切生物生长？这些化学药品不应称作"杀虫药剂"，而应称为"杀生物药剂"。

药物喷洒的整个发展过程似乎卷入了一个永无终点的螺旋。自从滴滴涕被允许民用便逐步升级，人们得不断寻找更有毒性的物质。这是因为作为对达尔文适者生存原理的绝好证明，昆虫已演化出对人们使用的某一杀虫药具有抗药性的超级品种，于是人们必须发明一种更毒的药剂，接着又发明一种比这种药剂更毒的药剂……

"控制大自然"这一短语是在骄傲自大的心态中构思出来的，它源于尼安德特人时期的生物学和哲学，当时人们以为自然界是为人类的便利而存在的。应用昆虫学的概念和实践大都发端于那石器时代的科学。如此原始的科学竟已用最现代、最可怕的武器装备起来，这真是我们的一大灾祸。这门科学在使用这些武器对付害虫的同时也在打击整个地球。

作者简介

亚历山大·辛德勒

（1925－2000）

曾任美国犹太人联合会主席。本文是他于 1987 年 5 月在南卡罗来纳大学毕业典礼上致词的一部分。

人生的真谛

  人生的艺术，只在于进退适当，取舍得当。因为生活本身即是一种悖论：一方面，它让我们依恋生活的馈赠；另一方面，又注定了我们对这些礼物最终的弃绝。正如先哲们所说：人生一世，紧握双拳而来，平摊双手而去。

  最近的一件事重新启发了我。一天早上，我住在医院，得去对面病区接受几个辅助检查，于是我坐轮椅穿过一个院落。一出病房，迎面的阳光震撼了我的整个身心，我所有的感受只有太阳的光辉！多么美好的阳光啊——那样温煦，那样明亮，那样辉煌！我留神看了看，是否还有人欣然沉醉于这金光灿烂之中。没有，人人都来去匆匆。我想到了自己平时也是如此，总是沉湎于日常事务之中，而对大自然出现的胜景则全然无动于衷。

  这一经历所导致的顿悟，其实与这经历本身一样，是极普通的：生活的馈赠是珍贵的，只是我们对此留心甚少。由此可知，人生真谛的要旨之一，乃是告诫我们不要只是忙忙碌碌，以至忽视生活的可叹可敬之处。虔诚地等待每一个黎明吧！拥抱每一个小时，抓住宝贵的每一分钟！

  执著地对待生活，紧紧地把握生活，但又不能抓得过死，松不开手。人生这枚硬币，其反面正是那悖论的另一要旨：我们必须接受"失去"，学会怎样松开手。

这种教诲的确是不易领受的。尤其当我们正年轻的时候，满以为这个世界将会听从我们的使唤，满以为我们用全身心的投入所追求的事业都一定会成功。而生活的现实仍是按部就班地走到我们的面前，于是这第一条真理，就缓慢而又确凿无疑地显现出来。

我们在经受"失去"中逐渐成长，经过人生的每一个阶段。我们在失去母体的保护后来到这个世界上，开始独立的生活；而后又要进入一系列的学校学习，离开父母和充满童年回忆的家庭；结了婚，有了孩子，等孩子长大了，又只能看着他们远走高飞；我们还要面临双亲的谢世和配偶的亡故；面对自己精力的逐渐衰退；最后我们必须面对不可避免的自身死亡——我们过去的一切生活，生活中的一切梦都将化为乌有！

但是，我们为何要屈服于生活的这种自相矛盾的要求呢？

明明知道不能将美永远留存，可我们为何还要去造就美好的事物？我们知道自己所爱的人早已不可企及，为何还要使自己的心充满爱恋？要解开这个悖论，必须寻求一种更为宽广的视野，透过通往永恒的窗口来审度我们的人生。一旦如此，我们即可醒悟：尽管生命有限，而我们在世界上的"作为"却为人织就了永恒的图景。我们建造的东西将会留存久远，我们自身也将通过它们得以久远地生存。我们所造就的美，并不会随我们的湮没而泯灭。我们的双手会枯萎，我们的肉体会消亡，然而我们所创造的真、善、美，则将与时间同在，永存而不朽。这就是创造的永恒，也是人生的真谛。

作者简介

马丁·路德·金

(1929–1968)

著名的美国民权运动的领袖。1964年度诺贝尔和平奖获得者。本文是他在林肯纪念堂前发表的演说。

我有一个梦想

今天,我高兴地同大家一起,参加这次将成为我国历史上为了争取自由而举行的最伟大的示威集会。

一百年前,一位伟大的美国人——今天我们就站在他象征性的身影下——签署了《解放宣言》。这项重要法令的颁布,对于千百万灼烤于非正义烈焰中的黑奴,犹如带来希望之光的硕大灯塔,恰似结束漫漫长夜禁锢的欢畅黎明。

然而,一百年后,黑人依然没有获得自由。一百年后,黑人依然悲惨地踽踽于种族隔离和种族歧视的枷锁之下。一百年后,黑人依然生活在物质繁荣瀚海的贫困孤岛上。一百年后,黑人依然在美国社会中向隅而泣,依然感到自己在国土家园中流离漂泊。所以,我们今天来到这里,要把这骇人听闻的情况公之于众。

从某种意义上说,我们来到国家的首都是为了兑现一张支票。我们共和国的缔造者在拟写宪法和独立宣言的辉煌篇章时,就签订了一张每一个美国人都能继承的期票。这张期票向所有人承诺——不论白人还是黑人——都享有不可让渡的生存权、自由权和追求幸福权。

然而,今天美国显然对他的有色公民拖欠着这张期票。美国没有承兑这笔神圣的债务,而是开给黑人一张空头支票——一张盖着

"资金不足"的印戳被退回的支票。但是，我们决不相信正义的银行会破产。我们决不相信这个国家巨大的机会宝库会资金不足。

因此，我们来兑现这张支票。这张支票将给我们以宝贵的自由和正义的保障。

我们来到这块圣地还为了提醒美国：现在正是万分紧急的时刻。现在不是从容不迫悠然行事或服用渐进主义镇静剂的时候。现在是实现民主诺言的时候。现在是走出幽暗荒凉的种族隔离深谷，踏上种族平等的阳关大道的时候。现在是使我们国家走出种族不平等的流沙，踏上充满手足之情的磐石的时候。现在是使上帝的所有孩子真正享有公正的时候。忽视这一时刻的紧迫性，对于国家将会是致命的。自由平等的朗朗秋日不到来，黑人顺情合理哀怨的酷暑就不会过去。1963年不是一个结束，而是一个开端。

如果国家依然我行我素，那些希望黑人只需出出气就会心满意足的人将大失所望。在黑人得到公民权之前，美国既不会安宁，也不会平静。反抗的旋风将继续震撼着我们国家的基石，直至光辉灿烂的正义之日来临。但是，对于站在通向正义之宫艰险门槛上的人们，有一些话我必须要说。

在我们争取合法地位的过程中，切不要错误行事导致犯罪。我们切不要吞饮仇恨辛酸的苦酒，来解除对于自由的饥渴。我们应该永远得体地、纪律严明地进行斗争。我们不能容许我们富有创造性的抗议沦为暴力行动。我们应该不断升华到用灵魂力量对付肉体力量的崇高境界。席卷黑人社会的新的奇迹般的战斗精神，不应导致我们对所有白人的不信任——因为许多白人兄弟已经认识到：他们的命运同我们的命运紧密相连，他们的自由同我们的自由休戚相关。他们今天来到这里参加集会就是明证。

我们不能单独行动。当我们行动时，我们必须保证勇往直前。我们不能后退。有人问热心民权运动的人："你们什么时候会感到满意？"只要黑人依然是不堪形容的警察暴行恐怖的牺牲品，我们就决不会满意。只要我们在旅途劳顿之后，却被路旁的汽车游客旅社和城市旅馆拒之门外，我们就决不会满意。只要黑人的基本活动范围只限于从狭小的黑人居住区到较大的黑人居住区，我们就决不会满意。只要我们的孩子被"仅供白人"的牌子剥夺个性，损毁尊严，我们就决不会满意。

只要密西西比州的黑人不能参加选举，纽约州的黑人认为他们与选举毫不相干，我们就决不会满意。不，不，我们不会满意，直至公正似水奔流，正义如泉喷涌。

我并非没有注意到，你们有些人历尽艰难困苦来到这里。你们有些人刚刚走出狭小的牢房。有些人来自因追求自由而遭受迫害风暴袭击和警察暴虐狂飙摧残的地区。你们饱经风霜，历尽苦难。继续努力吧，要相信：无辜受苦终得拯救。

回到密西西比去吧；回到亚拉巴马去吧；回到南卡罗来纳去吧；回到佐治亚去吧；回到路易斯安去吧；回到我们北方城市中的贫民窟和黑人居住区去吧。要知道，这种情况能够而且将会改变。我们切不要在绝望的深渊里沉沦。朋友们，今天我要对你们说，尽管眼下困难重重，但我依然怀有一个梦。这个梦深深植根于美国梦之中。

我梦想有一天，这个国家将会奋起，实现其立国信条的真谛："我们认为这些真理不言而喻：人人生而平等。"我梦想有一天，在佐治亚洲的红色山冈上，昔日奴隶的儿子能够同昔日奴隶主的儿子同席而坐，亲如手足。

我梦想有一天，甚至连密西西比州——一个非正义和压迫的热浪逼人的荒漠之州。也会改造成自由和公正的青青绿洲。

我梦想有一天，我的四个小儿女将生活在一个不是以皮肤的颜色，而是以品格的优劣作为评判标准的国家里。

我今天怀有一个梦。

我梦想有一天，亚拉巴马州会有所改变——尽管该州州长现在仍滔滔不绝地说什么要对联邦法令提出异议和拒绝执行——在那里，黑人儿童能够与白人儿童兄弟姐妹般地携手并行。

我今天怀有一个梦。

我梦想有一天，深谷弥合，高山夷平，崎路化坦途，曲径成通衢，上帝的光华再现，普天下生灵共谒。

这是我们的希望。这是我将带回南方去的信念。有了这个信念，我们就能从绝望之山开采出希望之石。有了这个信念，我们就能把这个国家的嘈杂刺耳的争吵声，变为充满手足之情的悦耳交响曲。有了这个信念，我们就能一同工作，一同祈祷，一同斗争，一同入狱，一同维护自由。因为我们知道，我们终有一天会获得自由。

到了这一天，上帝的所有孩子都能以新的含义高唱这首歌：我的祖国，可爱的自由之邦，我为您歌唱。

这是我祖先终老的地方，这是早期移民自豪的地方，让自由之声，响彻每一座山冈。

如果美国要成为伟大的国家，这一点必须实现。因此，让自由之声响彻新罕布什尔州的巍峨高峰！

让自由之声响彻纽约州的崇山峻岭！

让自由之声响彻宾夕法尼亚州的阿勒格尼高峰！

让自由之声响彻科罗拉多州冰雪皑皑的落基山！

让自由之声响彻加利福尼亚州的婀娜群峰！

不，不仅如此；让自由之声响彻佐治亚州的石山！让自由之声响彻田纳西州的望山！让自由之声响彻密西西比州的一座座山峰，一个个土丘！让自由之声响彻每一个山冈！

当我们让自由之声轰响，当我们让自由之声响彻每一个大村小庄，每一个州府城镇，我们就能加速这一天的到来。那时，上帝的所有孩子，黑人和白人，犹太教徒和非犹太教徒，耶稣教徒和天主教徒，将能携手同唱那首古老的黑人灵歌："终于自由了！终于自由了！感谢全能的上帝，我们终于自由了！"

作者简介

里柯克

(1869-1944)

加拿大幽默作家。代表作有《穿石棉衣的人》、《太阳神骑士团游湖记》、《完美情人指南》、《医生和"机械"》和《医生和那套古怪装置》。

琼斯的悲惨命运

有的人——不是你也不是我，因为我们都很有自制力，而有的人，在去拜望别人或和别人一起消磨了一个傍晚以后，感到很难把告别的话说出口。到了他觉得完全应该告辞的时候，他站起来嗫嗫嚅嚅地说："唉，我想我……"这时别人说："噢，您这就要走了吗？时间早着哩！"这样一来，又令他陷入进退维谷的境地。

我想，在我所知道的这类事例中，我那可怜的朋友梅尔庞米纳斯·琼斯的情形是最为可悲的。他是个副牧师，那么一个可爱的年轻人，才二十三岁！他简直无法同别人分手。他为人非常诚实，说不出一句谎话。他恪守清规戒律，唯恐显得无礼。很不幸，发生了这样一件事情：就在他暑期休假的头一天下午，他去拜访朋友，随后的六个礼拜完全该由他自己支配，确实无事可做了。他在朋友家聊了一会儿，喝了两杯茶，然后鼓起劲来突然说："唉，我想我……"

可是这家的女主人说："喔，是吗！琼斯先生，您真的不能再待一会儿吗？"

琼斯是从来不说假话的。

"哦，不，"他说，"当然，我，唉，可以再待一会儿。"

热爱生命

"那就请别走吧。"

他呆了下去，喝了一杯茶。夜色降临了。他又站起来。

"唉，现在，"他不好意思地说，"我想我真的……"

"您要走？"女主人客气地说，"我本来以为您或许可以留下来和我们吃晚饭的……"

"这个，可以是可以的。您知道，"琼斯说，"如果……"

"那就请留下吧。肯定我的丈夫是会高兴的。"

"好吧，"他有气无力地说，"我留下。"他又坐回椅子里去，装了一肚子的茶水，觉得相当难受。

男主人回来了。他们吃晚饭。

整个吃饭时间，琼斯坐在那里一直在盘算八点半钟离开。朋友全家人都闹不清楚琼斯先生究竟是因呆钝而不高兴呢，还是仅仅是呆钝。

饭后，女主人想逗引他说话，就拿出照片给他看。她把家里的全部珍藏品都拿了出来，共有好几罗（一罗为十二打）。其中有男主人的叔叔和婶婶的照片，有女主人的哥哥和他的小儿子的照片，有一张是男主人的叔叔的朋友，穿着孟加拉制服照的非常有趣的相片，有一张照得很精彩，是男主人的祖父的伙伴的狗的照片，还有一张照得十分糟糕，是男主人扮成魔鬼去参加化装舞会时的照片。到八点半钟，琼斯已细心地观看了七十一张照片。大约还有六十九张没有看。他站起身来。

"现在我得告辞了。"他恳求地说。

"告辞！"他们说，"嗨，才八点半嘛！您有什么事要办吗？"

"没有什么事。"他承认。接着含含糊糊地说他要休息六个星期，然后大声苦笑。这时大家发现，家里的小宝贝，那个十分可爱的小淘气，把琼斯先生的帽子给藏起来了。于是男主人说他只好留下，并请他抽烟、聊天。主人一边抽烟一边和他聊天，他却老是呆着。每时每刻他都想离去，但又没能走成。然后男主人开始对琼斯感到厌倦起来，心里忐忑不安，最后他用诙谐的反话说：琼斯最好留下过夜，他们可以给他铺个便铺。琼斯误解了男主人的意思，噙着眼泪感谢他。男主人就让琼斯在空房间里就寝，而心里却在骂他。

第二天早饭后，男主人进城上班，让琼斯留下来跟那个小孩儿玩，这使他相当忧伤。他完全不知所措了，整整一天，他都想着要走，但他顾虑重重，简直无计可施。男主人傍晚回到家里，看见琼斯还没有走，感到又奇怪又懊恼。他想开个玩笑诱使他走，于是就说他得收他的伙食费了。嘿嘿！这个倒霉的年轻人傻乎乎地瞪着双眼愣了一会儿，然后紧紧握住男主人的手，预付了一个月的伙食费，末了却情不自禁地痛哭起来，呜呜咽咽地像个小孩儿一样。在随后的日子里，他变得郁郁不乐、难以接近。当然，他一直是住在客厅里。缺乏新鲜空气，又无处走动，严重地影响着他的健康。他用喝茶和看照片来消磨时间。他常常站着凝视男主人的叔叔的朋友身穿孟加拉制服照的照片，一站就是几个小时——和照片谈话，有时又狠狠地骂它。由此可见，他的精神已有一些异常了。

最后他吧嗒一声倒了。人们把他抬上楼去，他发着高烧，直说胡话，病得相当厉害，谁都不认识了，甚至连男主人的叔叔那张穿着孟加拉制服的照片他都不认识了。他不时从床头惊起，尖声叫喊："唉，我想我……"然后又倒在枕头上，发出令人恐惧的笑声。一会儿，他又跳起来喊道："再来一杯茶！再给我一些照片！再给我一些照片！哈！哈！"

末了，经过一个月的痛苦折腾之后，在他休假的最后一天，他去世了。他们说，当临终时刻到来之时，他在床上又坐了起来，脸上泛出美丽的笑容，显现了充满自信的神情，他说："噢，天使们在召唤我，恐怕现在我真的得走了。再见。"

他的精神冲出了禁锢它的牢房，其速度之快就像一只逃命的猫儿跃过庭院的围栏一样。

作者简介

安东尼奥·波契亚

（1886 - 1968）

阿根廷传奇作家。他仅有的一部文学著作是《遗忘的声音》。

声音

在我启程上路之前，我是我自己的路。

一个看出每一样事物如何轧空它自己的人，接近于知道每一样事物将以什么充满。

我发现我最初的整个世界，在我贫匮的面包上。

幼年时代即所谓永恒，而余下的，所有这余下的，短促，极其短促。

人不走向任何地方。每一件事物走向人们，像这早晨。

一道门为我打开。我进入，并将面对一百道关上的门。

我的贫穷还没有完成，它需要我。

我几乎不曾触及过泥土而我是以它做成的。

如果你不抬起眼睛，你始终会感到你就处在一个最高的点上。

每一件事物都像河流：倾斜的成果。

当我睡着时我梦见我醒的时候所梦见的什么。这是一个持续的梦。

一个以细丝拿住我的人并不强大；强大的是这细丝。

峰顶的向导，在峰顶之中。

是的，我将试着去成为。因为我相信不去生存是傲慢的。

盲人携带着一颗星在他的肩上。

没有人理解你已给予的事物。你必须给予的更多。

虚无不仅仅是虚无。它也是我们的监狱。

这个世界什么也不理解，除了言词，而你进入它几乎什么也不必带入。

影子：一些藏着，另一些显示。

你的疼痛如此巨大，也许它不能够伤着你。

谁不以幻象充满他的世界谁将归于孤独。

一千年来我一直在问着我自己："现在我将如何？"而我依然不需要回答。

当我朝向一些不属于这个世界的念头，我感到这世界仿佛被扩展了。

我的重量，来自高处。

人类的苦难，当它入睡时它是无形的。如果它醒来它具有醒者的形状。

人测度着生活而他被虚无测度着。

我在我自己里面如此之小，以至于他们在和我一起做什么时几乎不曾注意到我。

长期以来像它所不能成为的那样，它对每一个可以成为的事物几乎都是一个耻辱。

沿着直线缩短距离，这也是生命。

在我自己之内，许多我不再继续的，它们自己在那里继续。

苦难并非跟着我们。它走在我们前面。

比眼泪更多的悲痛是他们的视力。

我从每一事物中迈出一步。而我停在这里，远离万物，这距离仅一步之遥。

我们成为空缺的一部分，当我们填充着它。

我的死者继续受苦于我活着的疼痛里。

我疲惫于浅薄的事物，我被它弄得如此疲惫以至于我需要一个深渊得以休息。

他们说你走错了道路，只因为这正是你自己选择的。

我也拥有一个夏天并燃烧我自己在它的名字里。

一个新的疼痛加入，而屋主的老疼痛接受它——以它们的沉默，而不是以它们的死亡。

这大地是你从大地上提升的东西，它不会有更多的意味。

我们拥有一个给每一个人的世界，但我们不拥有一个给所有人的世界。

你是悲哀的，因为他们抛起你而你并不坠落。

所有我已失去的我都能在每一次落足中得到发现，并令我记住我已失去了它。

一个孩子炫耀他的玩具，而大人藏起他自己的。

在我的沉默中唯有我的声音是必需的。

仅有很少的人到达虚无，因为路很长。

如果我不相信太阳看了我一眼，我将不去看它。

我的时间的粒尘和永恒一起玩着。

无论我走在什么地方我的边总在左边。我生在这个边上。

苦难在上面，不在下面。而每个人认为苦难在下面，每个人都想升上去。

一个制作面包天堂的人是在制作他的饥饿的地狱。

我最终的信念是苦难，由此我开始相信我并不受苦。

一双既不属于天国也不属于大地的翅膀。

人是空气中的空气，为了成为空气中他不得不落下的某一个点。

每次我醒来我理解一切是多么容易地成为虚无。

长期以来我们以为我们配得上某些称赞。我们弄错了我们自己。

有时我在夜里划亮一盏灯，为了不去看。

当我寻找我的存在并不是在我自己里面寻找它。

你被他们固定住而不理解何以如此，因为他们并不曾固定你。

每一件在我的限度内忍受的事物，将在别的地方失去限度。

我们领悟于某种我们不能看但却照亮我们内心的事物。

当我不在云里走，我走起路来仿佛我处在失落的边缘。

苦难已失去它们的记忆，不要追问它们何以如此。

唯有伤痛在说它自己的言词。

如果你发现某一件事物像你寻找的一样快，那么你发现它是无意义的，你寻找它也是徒劳的。

泥土，当它离开泥土时，它也不再是泥土了。

成为某种人意味着独自地成为某种人。成为某种人是孤独的。

在另外的时间说给我的言词，我现在听。

和赞美相比，爱对我来说总显得相对地容易。

我保持住我所知道的，连同我不知道的。

在最好的庇护里不如在它们的门口。

热爱生命

作者简介

维乌伊多夫罗

（1893—1948）

智利诗人。主要作品有诗集《心灵的回声》、《最后的诗篇》，散文史诗《我的熙德勇士》，散文诗集《隐秘的宝塔》。

夜的池沼

夜的池沼，乌黑的水，沉睡的水，好似自己在凝神屏息；我的心爱你，羡慕你召唤的能力。

夜的水，你所反映的一切，都有着如梦的气氛，神话的表情，甚至最最简陋的房舍，反映于你白亮的镜面，也有了君临的城堡一样庄严的状态。

夜的池沼的神奇魔力啊！

多少美貌的女人，曾经在这些水里模仿她们的体形，仿佛在镜子里沐浴的人。

她们给这些水以迷人的魅力，使它称得上是一个诱人的妖女。

唉！我愿亲吻池沼里的月亮。

把你全部力量全部重任致力于反映的水啊，正在自我反省中沉思默想的黑水啊，你想的是什么？

也许这个时刻你记起了耶稣那双神奇的脚的轻柔。

也许你是在想，许久以前，在另一个地方，渔夫的渔舟轻轻地把你剖开，使你感觉到了他们沉睡于你微波之上的古老歌曲中的乡愁。

我知道你这样安静，仿佛沉睡，因为你是在期待奇迹发生。

夜的池沼的水，月亮在你脸上铺开了一条明辉的路，如同长者银白的胡须。

月亮已经睡去很久，这时候，一阵杏花如雨，落到朦胧的水面上。

作者简介

奥克塔维奥·帕斯

(1914—1998)

墨西哥诗人、散文家。主要诗作有《太阳石》、《假释的自由》、《向下生长的树》等,散文作品有《孤独的迷宫》、《弓与琴》、《榆树上的梨》等。

大自然的颂歌

——献给画家鲁菲诺·塔玛纳

一

瓦蓝色的颜料描绘出一幅宽大的天幕,水和色彩在泼洒,深沉的天空在火光下清澈明朗。疯狂的羽毛,欢乐的枝杈,耀眼的光彩,当机立断,线条总是那样正确地落在纸上。绿色孕育希望,它要把那寒冷闪光的呼唤仔细咀嚼,再献给人间。灰色,深灰、浅灰、铅灰、铁灰,各种各样的灰色,无情的灰色,在大刀前让路,在号角声中躲闪。噢,还有艳红的玫瑰,明亮的火光。在那斜上方,现出一幅燃烧的几何图案。那是脊椎,那是立柱,那是水银,在火中,在荒野里安然无恙。

一端,一弯新月在燃烧。它已经不是珠宝,而是一颗在它自己心中那轮太阳照耀下长成的果子。那弯新月在发光,它是孕育万物的子宫,保护我们每个人的殿堂,一只玫瑰色的海螺,孤零零地在海滩上歌唱,一只夜鹰在飞翔。下方,在独自弹唱的吉他旁,岩石像一把玻璃匕首,蜂鸟展开翅膀,时钟不知疲倦地啃咬自己的五脏六腑,在这些刚刚诞生的东西和那些一开始就放在桌面上的东西旁边,还放着一块西瓜,炽热的曼密果,一条火光。那块西瓜就是一弯新月，一弯在女人眼睛那轮太阳照耀下生成的新月。

在距水果月亮和水果太阳同样远的地方，在那有限的画面上和平相处的两人对立世界中央，我们隐约望见了自己的缩影。吃人野兽青面獠牙，诗人睁开眼睛，女人把它闭上。这就是一切。

二

心情沉痛的骑手们登上山冈。奔驰的马蹄留下群星样的脚印。大地扬起一阵黑尘。地球向另外一个星系飞去。生命的最后一刻竖起自己的红冠。火焰在墙间呼啸，回声传遍四面八方。疯子劈开宇宙，向他自己的体内跳去。他顷刻间失去了踪影，被自我吞咽。野兽啃咬着太阳的遗骨、星辰的尸体和奥萨卡集市的余物。两只老鹰在苍天上啄食一颗亮星。那颗有生命的星带着两串眼睛垂直滑下。在这种能逃者逃之的战乱时刻，情人们奔到令人眩晕的阳台上。幸福的麦穗在一块火热的土地上摇晃，轻轻地升向天空。那爱是一块磁铁，整个世界吊挂在它身上。那吻调节海潮，举起音乐的闸门。在爱和吻的温暖脚下，万物苏醒，冲破硬壳，展开双翅，自由飞翔。

三

你看，在沉睡的万物中，在寻找自己翅膀、自己重量、自己另一种形态的各种各样形态的物质里，站在你面前的不是舞蹈皇后吗？还有红蚂蚁的女王，音乐公主，玻璃山洞里的女士，睡在一颗泪珠旁的妙龄女郎。宁静也是一曲舞蹈，它起身，轻盈跳跃。它在自己的脐部汇聚了一切光芒。男人都把目光投向它，它是天平，平衡着希望和成功，它是菜盘，为我们盛着助眠剂和催醒糖浆。它是固有的思想，额头上永存的纹沟，永恒的星座。它是一朵硕大的鲜花，在死人的胸口上和活人的梦境中生长，既没有活着，也没有死亡。这朵鲜花每天早晨悄悄地睁开眼睛，毫无怨言地望着采摘它的花匠。

它的血沿着折断的枝条缓缓而上,升到浩瀚的天空,那是一把火炬,在墨西哥废墟上静静地燃烧发光。那是大树一样的喷水池,那是火的长虹,那是架在活人和死者之间的血液桥梁:生长,永不间断地生长。

作者简介

德富芦花

（1868－1927）

日本著名小说家、散文家。主要作品有长篇小说《不如归》、《回忆》和《黑潮》，随笔集《自然与人生》、《蚯蚓的梦呓》。

自然与人生（六品）

晨　霜

我爱晨霜。因为它凛然、纯洁，因为它是朗朗晴日的使者。

清美者要首推白霜衬托着的朝阳。

某年十二月末的一个早晨，我路过大船户家附近。这是一个罕见的降霜之晨，田地里，房屋上，到处都好像是下了一层薄雪，连村庄附近的竹丛、常青树等也都是一色银白。

不一会儿，东方的天空透出了金色，杲杲旭日冉冉升起，没有一丝一缕云彩的搅扰。亿万条金线普照着田野人家。晨霜皎皎，仿佛是银河光芒闪烁。人家、树丛、田地及中央堆放的稻草，乃至从地面抬起的只有几寸的草鞋，所有的一切都向着太阳，只有背光的地方呈着紫色。目之所及，无不是白光紫影，在紫影中晨霜逐渐显得朦胧，大地全部变成了紫色的水晶块。

有一位农夫，在晨霜的原野正中烧着稻草。青烟蓬然而上，继而扩散开去，遮蔽了阳光。青烟所到之处随即变成了白金色，然后又渐渐变浓，最终，那青烟也染上了淡淡的紫色。

从此后，我爱晨霜之情便与日俱深。

檐 沟

雨后。庭院里樱花零落,其状如雪,片片点点,漂浮在檐沟里。莫道檐沟清浅,却把整个碧空抱在怀里。

莫道檐沟窄小,蓝天映照其中,落花点点漂浮。从这里可以窥见樱树的倒影,可以看到水底泥土的颜色,三只白鸡走来,红冠摇荡,俯啄仰饮。它们的影子也映在水里。嬉戏相欢,怡然共栖。

相形之下,人类自身的世界又是多么褊狭。

春天的悲哀

野外漫步,仰望迷离的天空,闻着花草的清香,倾听流水缓缓歌唱。暖风拂拂,迎面吹来。忽然,心中泛起难堪的怀恋之情。刚想捕捉,旋即消泯。

我的灵魂不能不仰慕那遥远的天国。

自然界的春天宛若慈母。人同自然融合一体,投身在自然的怀抱里,哀怨有限的人生,仰慕无限的永恒。就是说,一旦投入慈母的胸怀,便会产生一种近乎撒娇的悲哀。

花 月 夜

打开窗户,十六的月亮升上了樱树的梢头。空中碧霞淡淡,白云团团。靠近月亮的,银光迸射;离开稍远的,轻柔如棉。

春星迷离地点缀着夜空。茫茫的月色,映在花上。浓密的树枝,锁着月光,黑黝黝连成一片。独有疏朗的一枝,直指月亮,光闪闪的,别有一番风情。淡光薄影,落花点点满庭芳,步行于地宛如走在天上。

向海滨一望,沙洲茫茫,一片银白,不知何处,有人在唱小调儿。

苍苍茫茫的夜晚

最沉静的莫过于收割完麦子后的农家的黄昏。

游览了神武寺，及至傍晚，一个人沿田间小路返回。太阳包裹在苍黑的暮云里落山了。云隙里迸射出的一抹火红的残照也随之消失了。田野、村庄、山边，升起了烧麦秸的缕缕青烟，蓬蓬地散开了。山野、村庄，茫茫苍苍。

静立远望，暮云晚山，暗影重合，水田邈远，白烟迷离。望着望着，烧稻草的烟雾从一块水田蔓延到另一块水田。田里一片蛙声。

夕阳落，雾霭满，万物消融，恍惚如入无我之境。没有人语，没有杂声，没有灯影。

唯有苍苍茫茫，茫茫苍苍。

多么幽寂的夜晚！

独立黄昏，侧耳倾听，只有咯咯吱吱的蛙鸣。

寒 树

细雪纷霏，雪霁，日出。冷气逼人。北风刺肤，终日不歇。

日暮，天紫。高大的榉树木叶尽脱，树干坚硬，如老将铮铮铁骨。树梢高渺，千万枝条像细丝一般纵横交错，揶揄着紫色的天空。仿佛严寒侵凌着每一根筋骨。头上有苍茫的月。天空像结了冰一般。

作者简介

长谷川如是闲

(1875 – 1969)

日本评论家。著有《现代社会批判》、《日本的性格》等作品。

死于山上的人们

死于山上的人,他们未必了解山!

宛如沐浴中的仙女般文静秀美的山,就是那座发出啮人血肉的恶魔般呐喊的、极其疯狂的山!

她并没有伪装自己。

对于处女的羞怯毫无畏惧者,必将丧命于她的诅咒的利刃之下。

这并不是因为她掩饰了自己。那些对于山的沉静及其巨大的无形力量无所惧怕者,必将死于山。

丧命于山的人,他们轻蔑了山!

山保持沉默,是因为山较之人的口舌拥有巨大的力量;山不动声色,是因为山知道自己的一举一动会掀起多么大的波澜!

为此,他们讪笑山是沉默的哑巴,嘲弄山的冷静是无能的表现。并且他们直到葬身于山,仍然执迷不悟!

葬身于山的人,他们在山的面前过分夸大了自己。

他们以为山被征服了。

山看上去似乎被他们征服,这仅仅因为他们那微不足道的力量,同山的巨大力量不曾在战斗中较量过。

山深知以自己的威力同他们的微弱力量较量结果会如何,所以山像比赛前的勇猛斗士，在那儿轻轻打盹！

他们即便殴打正在打盹的对方，也无法把对方从假寐中惊醒。正因为如此，那些自以为征服了大山的人的命运，完全掌握在山的手中。

葬身于山的人，他们甚至连自己都不了解。

大山经受数万年风雨剥蚀，仍然以伟大的山的形态保持着骨和肉，它那久存不灭的巨大的块状，只因为是由泥土构成，才为人类所蹂躏。

然而，无论怎样被蹂躏，它都将泰然自若地存在下去，这也同样因为它是由泥土构成的缘故。

相反，假如人类的肉体遭到山上泥土的蹂躏，你将无法想象山的某处，曾几何时有过人类的肌体，他们早已不复存在了。

泥土堆积起来的巨块就是山。土块般的人的肌体堆积起来的巨大块状也是山。

死于山上的人，他们既不了解山，又不了解自己！

热爱生命

作者简介

川端康成

（1899－1972）

日本著名作家。代表作有《伊豆的舞女》、《雪国》、《千只鹤》等。1968年获贝尔文学奖。

厕中成佛

这是很久很久以前的岚山的一个春天……

京都大户人家的太太、小姐，花街柳巷的女子，她们身着华丽的服装，来到这山野观赏樱花。

"对不起，借用一下洗手间好吗？"

京都的女游客在肮脏的农家门口，羞红着脸，微微欠欠身子说了一句，绕到屋后，上了一间又旧又脏的小茅厕……春风摇曳着草帘，她的肌肤不由得拘挛起来。传来了孩子们哇哇的喧嚣声。

看见京都仕女的这副窘态，贫苦农民八兵卫便动脑筋，修盖了一间干净的厕所，挂上一块告示牌，上面写着几个墨油油的字：

租用厕所

一次三文

赏花季节，游客拥挤，出租厕所非常成功，转眼间出租者发了大财。

村里有个人嫉妒八兵卫，对妻子说：

"近来八兵卫出租厕所，转眼间就赚了一笔钱。今年春上，我们也盖一间出租，要赚得比八兵卫还多，怎么样？"

"这个主意不好。即使我们的出租厕所盖好了，可八兵卫是老字

号，人家有老主顾。我们是新字号，游客不光顾，岂不是鸡飞蛋打，穷上穷吗？……"

"胡扯什么呀。这回，我所设想的厕所，不像八兵卫的那样肮脏。听说近来京城时兴茶道，我打算盖个茶室式的厕所。首先是，四根柱子用吉野圆木不够气派，要用北山的杉木，天花板用香蒲草，钉上水蛭形钉子，悬挂上吊锅的锁链替代使劲时候用的绳索。这主意不错吧。窗户开落地窗，踏板用榉树的如轮木，便池前挡用萨摩杉。便池四周涂黑漆，墙壁涂二遍油漆，门户用白竹夹扁柏制成的长薄板，房顶用杉树皮葺成，再用青竹子压住，系上蕨草绳，修成大和式的。放鞋的石板用鞍马石做，旁边围上间中栽有青竹子的方眼篱笆，洗手盆用桥桩式的，装饰用的松树也配以多姿的赤松。不论哪个流派，诸如千家、远州、有乐、逸见的精华，都兼收并蓄……"

妻子听呆了。

"那么，租费多少呢？"

经过一番艰苦的筹划，总算赶在赏樱花时节之前把漂亮的厕所修建好了，连告示牌也是拜托和尚制作，是中国式的，非常庄雅。

租用厕所
一次八文

就算是京都仕女，也觉得过分奢侈，钦佩之余，望而却步。

"你瞧见了吗？"妻子敲着榻榻米说。"我早就叫你别盖，搭了这么多本钱，结局可怎么得了啊！"

"不要唠叨嘛。明儿只要到客人那儿去转一圈，保证光顾的人会像蚂蚁成群而来。我明儿要早起，给我准备好盒饭。只要转上一圈，保你一定门庭若市。"

丈夫非常沉着。可是第二天，他比平时都贪睡早觉，上午十点才醒过来，一把将后衣襟掖在腰带里，把饭盒挂在脖颈上，带着几分哀伤的神情，回头冲着妻子带笑地说：

"孩子他娘，我这辈子所作所为，你总是横挑鼻子竖挑眼的，说我傻瓜，说我做梦的。今天要让你瞧瞧，我只要到客人中转上一圈，保你顾客车马盈门呀。粪缸满了，你就挂上个暂停使用的牌子，拜托邻居次郎兵卫挑走一担两担的。"

妻子纳闷。丈夫说到客人那里转转，是不是到京城去游说，宣传出租厕所呢？她一筹莫展的当儿，一个姑娘往钱箱里投放了八文钱，租用了厕所。尔后进进出出的，租用的客人源源不断。妻子十分惊异，瞪大眼珠子看守着。不久，挂上暂停使用的牌子，忙着要把粪便挑走……终于到了傍黑时分，厕所租金达八贯之多，粪便挑走了五担。

"莫非我家老头子是文殊菩萨转世？真的，他所说的梦一般的事，有生以来头一次变成了现实。"

喜形于色的妻子买来了酒等待丈夫回来，不料别人却抬回了他的尸体。

"他长时间蹲在八兵卫家的厕所里，可能是被臭气熏死的。"

丈夫走出家门以后，立即缴付三文，走进了八兵卫家的厕所里，从里面上了锁，有人想推门进去，他就"咳、咳"地佯装咳嗽，连声音都咳嘶哑了。春天白日长，他蹲得连腰都直不起来了。

京都人听了这个故事，议论纷纷：
"真是风流人物的沦落啊！"
"他是天下第一的茶道师啊！"
"这是日本有史以来的成年人自杀啊！"
"厕中成佛，南无阿弥陀佛。"
众人异口同声地称赞不绝。

作者简介

井上靖

(1907-1991)

日本当代著名作家、评论家和诗人。代表作有长篇小说《流转》，诗集《北国》、《地中海》、《运河》、《季节》等。

春将至

过了年，把贺年片整理完毕，就会发现春天即将来临的那种望春的心情抬起头来。

翻看年历，方知小寒是一月六日，一月二十一日为大寒。一年中，这时期寒气最为凛冽。实际上日本列岛的北侧正被厚厚的积雪覆盖着，南半部的天空也多是呈现着欲降白雪的灰色。当然也有时遍洒新春的阳光，却不会持久，灰色天空即刻就会回来，寒气也相随而至，不几天即将降雪吧。

严冬季节，寒气袭人，理所当然；在这种情况中等待春天的心情，是任何人都会产生的。不光是住在无雪的东京和大阪，即便是北海道和东北一带雪国的人们，依然是没有两样的。总之，生活在全被寒流覆盖着的日本列岛的一切人，不管有雪，抑或是无雪的地方，只要新年一过，都会感到春日的临近，而等待着春天。

我喜爱这种等待春天的心境。住在东京的我，尽管是很少，但也能捕捉到一点春天的信息。今晨，从写作间走下庭院中去，只见一棵红梅和另一棵白梅的枝上长满牙签尖端般小而硬的蓓蕾。

我的幼年在伊豆半岛的山村度过，家乡的庭院多梅树，初春季节齐放白英。没有樱桃，也没有桃树，只种了一片小小的梅林。也许是由于幼年时代熟悉梅树,直到过了半个世纪的现在,依然喜爱梅花。梅花,对于我,已经成为特殊的花。

如今,故乡家院里的梅树减少了,而且年老了,已经看不到幼年时代那种纯白的花朵。即使同是昔日的白花,却略含黄色,并不像《万叶集》和歌中吟咏的酷似雪花的那样洁白了。

今朝春雪降,洁白似云霞;
梅傲严冬尽,竞相绽白花。
犹如观白雪,缓缓降天涯;
朵朵频飞落,不知是何花。

前一首的作者是大伴家持,后者是骏河采女。读了这类和歌,那种纯白的沁人心脾的白梅,立刻就会浮现于眼帘。故里家中的梅树都已枯老,但东京书斋旁的唯一的一株白梅,却尚年轻,因而花是纯白的。

梅树过早地长出坚硬的小蓓蕾,这个季节可还没着花。正是在这尚未着花的时刻,自然地培育着一种望春的心情吧。水仙的黄花,山茶的红花,恐怕是这个季节屈指可数的花朵了。

去岁之暮接近年关的时候,我瞻仰桂离宫,广阔的庭园里也未看到花开,只见落霜红和朱砂根的蓓蕾,在广阔庭园的角落里,隐约地闪烁着动人的红光。这个季节,仿佛是树木的蓓蕾代替花朵炫耀着自己的地位。

乘此雪将融,会当山里行;
且赏野橘果,光泽正莹莹。

这也是大伴家持的歌。野橘即是紫金牛,我觉得紫金牛的红色小蓓蕾映衬着皑皑白雪的光景,也许确实具有踏雪前去观赏的价值哩。前面讲过,我喜爱这种在几乎无花的严冬季节等待春天的心情。每日清晨,坐在写作间前廊子的藤椅上,总是发觉自己沉浸在这样的情致之中。眼下还是颗颗坚硬的小蓓蕾,却在一点点长大,直到那繁枝上凛然绽满白花,这种等待春天的情致始终孕育在心的深处。

我出国旅行，总是初夏或仲秋季节回来。当然，也并非出于什么理由做了这样的决定，而是自然而然地形成的结果。然而，如今却想在什么时候，在那春天已经有了信息却难于降临的二月底或三月初，结束国外旅行，重踏日本的土地。那时，我想一定会深刻地感受到日本节气变化的微妙，和随之改换面貌的日本这一季节景物的细致美。

然而，这种等待春天的一、二、三月期间，大气中的自然运行，却是非常复杂微妙，春天决不是顺顺当当地走向前来的。

小寒、大寒，大致都是一月初或月中，因此，新春一月便是——年中最冷的时节，一直要持续到二月四日的立春时分。当然，这不过是历书上的事，实际上也并不如此规规矩矩。有时小寒比大寒还冷，又有时大小寒都不那么冷，等到二月立春之后，才真正冷上一阵子。不，与其说冷上一阵子，毋宁说这种情形居多。

但是，尽管只是历书上写着，立春这个词，也蕴含着一种难以言状的明朗性。过了年，春天就近了；春天近了，等待春天到来的心情便活跃起来。历书上的立春，使人涌起一种期待：这回春天可真要来了！实际上，春天总要姗姗来迟，寒冬依然漫长，然而，千真万确，春天正在一步步走近，只是很难看到它会加快步子罢了。这种春日来临的步调，恐怕是日本独有的；似乎很不准确，实际上却准确得出乎意料。

人们都把立春后的寒冷叫做余寒，实际上远远不是称为余寒的一般寒冷。这时候，既会降雪，一年中最冷的寒气也会袭来。然而，即便是这种寒气，等一月到三月，便一点一点地减轻，简直是人们既有所感，又无察觉的程度。

不过，即便进了三月，春天依然没有露面。只是弄好了阳光、天色和树木的姿容，会不觉间给人以早春的感觉，余寒会变成名副其实的春寒。这样，与此同时，连那些从天上降下的东西，那种降落的样子，也会多少发生些变化。那就是"春雪"、"淡雪"和"春霰"。总之，春寒会千方百计改变着态度，时而露出面孔来，时而又把身子缩了回去。

在这样的三月里，有一次寒流袭击了日本列岛的中部，正是三月十三日奈良举行汲水活动的当口。近畿一带，奇怪的是这时节却受到寒流的洗礼。也正在此时，我在东京的家，三月初开始着花的白梅达到盛开时分。每年，当我望见白梅盛开，便又一度想到历书上的记载。于是发现，大抵上相当于汲水日，或在其以前以后两三天，并且就在两三天里气温下降，十分寒冷。

我的眼前浮现出，在奈良古寺的殿堂里，松枝火炬照亮黑暗的情景。看来，也许并非照亮了黑暗，而是照亮了寒流。这时节的春寒，确实是不容怀疑的。白梅是在汲水时节盛开，红梅却只乍开三分。白梅在三月末凋零殆尽，红梅却进了四月，还多是保存着凋余的疏花。在那白梅开始凋落的时分，杏花和李花就开始着花，好不容易春天才正式来到人间。

然而，三月末，或是四月初，我家的红梅繁花正盛的时节，还要再来一次寒流。那正是比良湾风浪滔滔的季节。自古以来，就流传着比良大明神修讲《法华经》之时，琵琶湖便风涛大作，寒气袭来。实际上，这时节京都和大阪地方还要经受一次最后的寒流袭击。不只是京阪一带，东京也是如此。这样，与杏、李大致同时，桃树也开始着花。杏树的花期较短，刚刚看到开了花，一夜春风就会吹得落英缤纷，或是小鸟光临，霎时变成光秃秃的。李花虽不像杏花那样来去匆匆，但也是短命的。比较起来，依然是桃花生命力强，一直开到樱花换班的时节。

今年恐怕也与往年相似，一、二、三月之间，寒流会在日本列岛来来往往，梅树的蓓蕾就在这中间一点点长大吧。日本的大自然，在为春天做准备的家当，既十分复杂，又朝三暮四，但是总的看来，恐怕也还是呈现着一种严格地遵循既定规律的动向。梅、杏、李、桃、樱，都在各自等待时机，准确地出场到春天的舞台上来。

作者简介

纪伯伦

(1883-1931)

黎巴嫩诗人、作家、画家.代表作品有我的心灵告诫我》、《先知》、《论友谊》等。

虚荣的紫罗兰

幽静的花园里,生长着一棵紫罗兰。她有美丽的小眼睛和娇嫩的花瓣。她生活在女伴们中间,满足于自己的娇小,在密密的草丛中愉快地摆来摆去。

一天早晨,她抬起顶着用露珠缀成的王冠的头,环顾四周,她发现一株亭亭玉立的玫瑰,那么雍容而英挺,使人联想起绿宝石的烛台托着鲜红的小火舌。

紫罗兰张开自己天蓝色的小嘴,叹了一口气,说:"在香喷喷的草丛里,我是多么不显眼啊,在别的花中间,我几乎不被人看见。造化把我造得这般渺小可怜。我紧贴着地面生长,无力地向蓝色的苍穹,无力把面庞转向太阳,像玫瑰花那样。"

玫瑰花听到她身旁的紫罗兰的这番话,笑得颤动了一下,接着说:"你这枝花多么愚蠢呵!你简直不理解自己的幸福,造化把很少赋予别类花朵的那种美貌、那种芬芳和娇嫩给予了你。抛弃你那些错误的想法和空洞的幻想,满足于自己的命运吧,要知道,温顺会使他变得坚强,谁要求过多,谁就会失去一切。"

紫罗兰回答道:"呵,玫瑰花,你来安慰我,因为在我只能幻想的那一切,你都有了。你是那样美好,所以你用聪明的词令粉饰我的渺小。但是对于不幸者说,那些幸福者的安慰意味着什么呢?向弱者说教的强者总是残酷的！"

造化听到玫瑰与紫罗兰的对话，觉得奇怪，于是高声问："呵，女儿，你怎么了，我的紫罗兰？我知道你一向谦逊而有耐心，你温柔而又驯顺，你安贫而又高尚。难道你被空虚的愿望和无谓的骄傲制服了？"

紫罗兰用充满哀求的声调回答她："呵，你原是无上全能、悲悯万物的啊，我的母亲！我怀着满腔激情、满腔希望请求你，答应我的要求，把我变成玫瑰花吧，哪怕只一天也好！"

造化说："你不知道你请求的是什么。你不明白外表的华丽暗藏着不可预期的灾祸。当我把你的躯干抽长，改变了你的容貌，使你变成了玫瑰花，你会后悔的，可是，到那时，后悔也无济于事了。"

紫罗兰答道："呵，把我变作玫瑰花吧！变作一株高高的玫瑰花，骄傲地抬着头！日后不论发生什么事，都由我自己担承！"

于是，造化说："呵，愚蠢而不听话的紫罗兰，我满足你的愿望！但是，如果不幸和灾祸突然降落在你的头上，那是你自己的过错！"

造化伸开她那看不见的魔指，触了一下紫罗兰的根——转瞬间紫罗兰变成了盛开的玫瑰，伫立在众芳之上。

午后，天边突然乌云密布，卷起旋风，雷电交加，隆隆作响，狂风和暴雨所组成一支不计其数的大军突然向园林袭来；他们的袭击折断了树枝，扭弯了花茎，把傲慢的花朵连根拔起。花园里除了那些紧贴着地面生长或是隐藏在岩石缝里的花草之外，什么也不剩了。而那座幽静的花园遭到了比其他花园更多的灾难。

等到风停云散，花儿全死去了，她们像灰尘一样，满园零落，唯有躲在篱边的紫罗兰，在这场风暴的袭击之后，安然无恙。

一株紫罗兰抬起头来，看着花草树木的遭遇，愉快地微笑了一下，招呼自己的女伴："瞧呵，暴风雨把那些自负为美的花朵变成了什么哟！"

另一株紫罗兰说:"我们紧贴着地面生长。我们才躲过了狂风暴雨的愤怒。"

第三株喊道:"我们是这般脆弱,但龙卷风并没有战胜我们!"

这时紫罗兰皇后向四周环顾了一下,突然看见昨天还是紫罗兰的那株玫瑰花。

暴风雨把她从土里拔起,狂风扫去了她的花瓣,把她抛在湿漉漉的青草上。她躺在地上,像一个被敌人的箭射中了的人一样。

紫罗兰皇后挺直了身子,展开自己的小叶片,招呼女伴们说:"看呵,看呵,我的女儿们!看看这株紫罗兰,为了能炫耀自己的美貌,她想变成一株玫瑰,哪怕是一小时也可以。就让眼前这景象作为你们的教训吧。"

濒死的玫瑰叹了一口气,集中了最后的力量,用微弱的声音回答道:"听我说吧,你们这些愚蠢而谦逊的花儿,听着吧,暴风雨和龙卷风都把你们吓坏了!昨天我也和你们一样,藏在绿油油的草丛里,满足于自己的命运。这种满足使我在生活的暴风雨里得到了庇护。我的整个存在的意义都包含在这种安全里,我从来不要求比这卑微的生存更多一点的宁静与享受。呵,我原是可以跟你们一样,紧贴着地面生长,等待冬季用雪把我盖上,然后偕同你们去接受那死亡与虚无的宁静。但是,只有当我不知道生活的奥妙,我才不能那样做,这种生活的奥妙,紫罗兰的族类是从来也不知道的。从前我可以抑制自己一切的愿望,不去想那些得天独厚的花儿。但是我倾听着夜的寂静,我听见更高的世界对我们世界说:生活的目的在于追求比生活更高更远的东西。这时我的心灵就不禁反抗起自己来了。我的心殷切地盼望升到比自己更高的地方。终于,我反抗了自己,追求那些我不曾有过的东西,直到我的愤怒化成了力量,我的向往变成了创造的意志。到那时,我请求造化——你们要知道,造化,那不过是我们一种神秘的幻觉的反映,——我要求她把我变成玫瑰花。她这样作了。就像她常常用赏识和鼓励的手指变换自己的

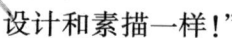

设计和素描一样!"

玫瑰花沉默了片刻,然后带着骄傲而优越的神情补充说:"我做了一小时的玫瑰花,我就像皇后一样度过了这一小时。我用玫瑰花的眼睛观察过宇宙。我用玫瑰花的耳朵倾听过以太的私语。我用玫瑰花的叶片感受过光的变幻。难道你们中间找得到一位,蒙受过这样的荣光么?"

玫瑰低下头,已经喘不上气来,说:"我就要死了。我要死了,但我内心里却有一种从来没有一株紫罗兰所体验过的感觉。我要死了,但是我知道,我所生存的那个有限的后面隐藏着的是什么。这就是生活的意义。这就是本质的所在,隐藏在无论是白天或夜晚的机缘之后的本质!"

玫瑰卷起自己的叶子,微微叹了一口气,死去了。她的脸上浮着超凡绝俗的微笑——那是理想实现的微笑,胜利的微笑,上帝的微笑。

作者简介

大卫·格罗斯曼

（1954— ）

以色列作家。主要作品有长篇小说《羔羊的微笑》、《灼热的语词》，随笔集《黄风》、《在火线上沉睡》等。

人像一根麦秸

三月末的一天，烟雨迷蒙，我从耶路撒冷家中通往希伯伦的那条大路拐下来，进入了德黑沙难民营。这里居住着一万二千巴勒斯坦人，人口密度之大在世界上亦属领先；一座座房子拥在一起，每个大家庭的住房扩充开去，四周盖起样子难看的水泥建筑、房间和壁龛，锈铁梁如青筋蔓延，像分开的手指伸展出去。

在德黑沙，饮用水均为井水。唯一的活水是沿住宅间小路流淌的雨水和污水。很快，我便不肯在水坑间小心行路；因为这里有某种东西很荒唐——近乎不公平——那就是在星星点点的污秽面前，竟保留下如此精妙的造物。

每座住宅旁——是个小院。院子很小，用波纹铝皮围起来，非常干净。里面放着个盛满天然泉水的大坛子，坛子上盖着布。但是这里的每个人都会毫不迟疑地告诉你，故乡村庄的泉水更加甘甜。

"在艾因·阿兹拉伯，"她叹了口气（她叫哈迪加，年纪相当大了），"我们的水那么干净，有利于健康，有个快死的人把身子浸在水里，满满地喝了几口水，冲洗身子，病一下子全好了。"她把头一歪，审视的目光将我看穿，嘲弄道："哦，你对这事是怎么想的？"

我发现——颇具几分困惑，我承认——老太太让我想到了祖母，想到了她讲的关于波兰的故事,她从波兰被驱逐出去。想到她讲的那里的河流,那里的果实。岁月在她们的脸上留下了同样的烙印,留下含着智慧嘲讽及对无论远近亲疏者所持有的极大怀疑。

"我们在那里有一块地。有个葡萄园。现在你瞧瞧我们在这里有个如此繁花盛开的花园,"她朝小院子挥了挥布满皱纹的褐色的手。

"但是我们造了一个花园,"她的儿媳喃喃地说,这是位颇具躁动不安的吉卜赛野性美的女子。"我们用铁皮罐头盒建了一个花园。"她朝用煤渣砖砌成的围栏顶上点点头,几个泡菜罐头盒上开出鲜红的天竺葵,数量特别地多,仿佛是从某种遥远的果实和创造资源中汲取到了生命。

奇怪的生活。既是双重的又是分裂的。在难民营中同我说过话的每一个人——几乎生来——都被训练过这种双重生活:他们待在这里,确实是在这里,由于贫困以某种残酷的力量强加进冷静,但是他们也在那里。也就是说,待在我们当中。在村庄,在城市。我问一个五岁的小男孩是哪儿人,他立即回答我说,"雅法。"那儿如今是特拉维夫的一部分。"你见过雅法吗?""没有,但是我爷爷见过。"他爸爸显然是出生在此地,但是他的爷爷却来自雅法。"雅法,漂亮吗?""漂亮。有果园、葡萄园和大海。"

再向前走,开始下坡,我碰见一个年轻姑娘坐在水泥墙上,读一本配插图的杂志。你是哪里人?她是洛德人,离本·古里安国际机场不远,四个年前那里是一座阿拉伯小镇。她十六岁。她咯咯笑着,给我讲述洛德有多么漂亮。讲述洛德的房屋像宫殿那么恢弘。"每个房间都铺有手工地毯。土地神奇,天总是湛蓝湛蓝的。"

我回想起耶胡达·哈列维笔下那充满依依深情的诗句,"你沙土的味道——在我口中比蜂蜜还要纯美",回想起朝"总是装点如春"的土地歌唱的比亚利克,分离将心中所挚爱的东西美化得如此神奇,在德黑沙贫瘠灰暗的水泥世界中,聆听充满抒情气息优美动听的词句,聆听用比日常生活中还要典雅、辞采华美但程式固定、酷似祷文和誓词的语言道出的话："那里的西红柿又红又大，我们的一切都来自土地，土地赐予我们、赐予我们很多很多。"

该是怎样的奇特啊。

"你到洛德那地方去过吗？""当然没去过。""你难道不好奇要到那里去看看？""只有当我们回去时才看。"

其他的人也是这么来答复我。众所周知，巴勒斯坦人，正在采用古代犹太人的流亡战略，自己走出历史的舞台。他们闭上双眼面对严峻的现实，顽固地使劲儿压住眼睑，臆造出自己的"希望之乡"。"明年抵达耶路撒冷，"拉脱维亚、克拉科夫、萨那的犹太人这样说，其意义是他们不愿意妥协。因为他们不期望有任何真正的改变。一个没有东西可以失却的人能够索要一切。在他的耶路撒冷变得真实起来之前，他不会做任何事去接近它。这里也同样是一遍又一遍的绝对索取：索取一切。纳布卢斯、希伯伦、雅法、耶路撒冷。与此同时，什么都没有索取。与此同时，在精神和肉体上均将其抛却。与此同时，是一场梦幻，一场虚空。

那全是"波里提卡"，巴勒斯坦人说。即使那些能够发出"政治"一词中"坡"音的人也要说"波里提卡"，表示某种藐视，个中含有某种自我嘲讽的味道；"波里提卡"，意思是说整个游戏在我们的头顶上操作，我们却束手一旁，在所有的占领之下压制了我们几十年，将我们从生活和行动力量中逐出，把我们化为尘土，那全是"波里提卡"，土耳其人和英国人，还有那侯赛因……而今突然又成了巴勒斯坦人的保护者，还有那些以色列人，由于在汽车上两个恐怖主义者杀了人就想要推翻政府，他们以一位严谨得无可挑剔的法学家那深思熟虑的残忍，改变了我们的法律，颁布了一千二百条新法，剥夺了我们的土地，剥夺了我们的传统，剥夺了我们的荣誉，在这里为我们建造了某种伟大的启蒙监狱，那时他们真正所想的就是我们会从这所监狱中逃跑，接着他们就会永远不让我们回去——他们用我们完全无法理解的狂妄的狡诈，用绳索将我们束缚住，我们则像牵线木偶一样为他们舞蹈。

"那全是波里提卡,"那个女人充满讽刺地笑着,令我隐约想起我的祖母,隐约想起《第二十二条军规》中那个狡猾、苍老、粗俗的意大利人,那个对骄傲的美国人内塔利解释为什么美国人最终会战败、意大利人也打不赢但会生存下来的人。一位智者曾说过,"占领区内的阿拉伯人能够调动起来反对我们的最强有力的武器就是毫不改变。"的确,当你走过德黑沙难民营时,仿佛感觉到那种观念已不知不觉在这里深入下来,沁入老百姓的心田,化作一种力量;蔑视:我们不会有什么改变,我们不会想方设法去改善我们的生活。我们像浇铸进水泥中的一则咒语停留在你们面前。

她突然想起:"在那边,在艾因·阿兹拉伯村子里,我们点起麦秸烤面包。这儿却不行。因为在这儿我们没有牲口,也没有牲口饲料。"她沉默下来,抱住肩膀。额头一阵阵紧锁,惊愕地抽搐着,皱巴巴的褐色手指不自觉地来回揉搓。

其他地方也发生着各种各样的事。并非此时。是在另一个所在。在辉煌的过去或是翘首渴望的将来。最当务之急的事情在这里是不存在的。不知怎么,人们意识到这里的人自愿变做以前另一个所在中那个真正自己的对应物。变成手中只持有等待能力这唯一财产的人。而我呢,身为一个犹太人,深深地了解这点。

"当一个人被从他的土地上放逐之后,"一美国犹太作家曾对拉马拉的巴勒斯坦作家拉吉阿·希哈德说,"他开始用象征的方法想象那块土地,就像一个需要创作色情作品的人。我们犹太人也成了经验丰富的色情作品作者,我们对这片土地的渴望被编织成无尽的象征。"作家谈的是数百年前的犹太人,

但是当我去往德黑沙时,以色列议会正就"朱迪亚和撒玛利亚"之名的象征意蕴展开激烈的争论,议员盖乌拉·科恩要求只将此名作为唯一的合法称号,"西岸"和"占领地"等所有变更过来的术语不得使用。"朱迪亚"和"撒玛利亚"的确显得颇为意味深长,

富有象征色彩，对我们当中的许多人来说这一术语激活了某种令人愉悦的历史映象，某种抵达过去深层次之中那使人心满意足的战栗，在那里同样卷起对巴珊、吉拉德、霍兰等其他沉睡字眼的思念涟漪，这些地方以前属古代大以色列所有，而今成了叙利亚和约旦的一部分。

现如今，在加沙地带居住着五十万巴勒斯坦难民。约旦河西岸四十万。（我们这里只谈难民，不谈以色列统治下的整个阿拉伯人口。）约旦八十五万。黎巴嫩二十五万。叙利亚也大约有二十五万。总共有二百二十五万巴勒斯坦难民。即使以色列统治下的难民问题得到了解决，他们那些分布在阿拉伯各国的生存在可怕状况下的一百多万兄弟的痛苦也依然存在。正因为此，在非常了解此问题的人们当中，这种绝望之情才如此之深切。正因为此，难民们才允许自己变得耽于梦幻。

作家兼法律家拉吉阿·希哈德承认，年轻时代的他也是一名自然风光的色情作品作者。他听过有关雅法与沿海平原的许多故事和传说，是雅法与沿海平原风光的色情作品作者。现在当他徒步旅行到拉马拉旁边的小山上，突然有那么一瞬间会忘却自我，尽情享受和大地的契合，百里香气息扑鼻，他目不转睛地盯着一棵橄榄树——随即明白自己正在看着一棵橄榄树，眼前的橄榄树变了形，变成一个象征，象征着斗争和失落，"几乎就在同一个瞬间橄榄树从我身边偷偷移走，"希哈德说，"以前立有橄榄树的地方，是一片虚空，充满了痛苦与愤怒。"

虚空。数十年一直充满仇恨的一无所有。

还有一次，我在纳布卢斯碰到的A·N对我说："我当然恨你们。也许开始时我并不恨，只是害怕。后来，我开始仇恨。"三十岁的A·N是巴拉塔难民营的居民。当被发现犯有参加巴勒斯坦解放人民战线罪之后，他蹲了十年大牢（在阿什克隆和纳福哈监狱）。"我确实没参加行动。他们只是教我怎样射击。""坐牢之前，我甚至不知道我是巴勒斯坦人。他们在那里教我知道了我是谁。现在我有了自己的观点。别相信对你们说巴勒斯坦人并不真恨你们的那些人。你们要理解：普通巴勒斯坦老百姓并不是法西斯，不是那种仇恨他人的人，但是你们以及你们所统治下的生活迫使他们去仇恨。就拿我来说吧。你们夺走了我十年的生命。你们在1968年把我父亲驱逐了。他什么也没有干。甚至连巴勒斯坦解放组织的支持者也不是。也许甚至还是个反对派。你们想把对事情持有见解的人统统撵走。所以我们在这里完全没有了领袖。甚至对你们来说微不足道的领袖也没有了。我母亲呢，六年啦，你们都不让她去看望我父亲。还有我，出狱后，你们不让我盖房子，不让我离开这个地方去游览约旦，什么也不让干。你们不断地重复：看看我们给你们带来如此的进步。你们忘了二十年间一切都进步了。整个世界大踏步前进。不错，你们对我们有些帮助，但你们不愿把最重要的东西交给我们。不错，我们有了一点点进步，但是看看你们自己在这段时间里进步有多么多。我们远远落在了后面，要是你们调查一下，大概会发现，相对说来，我们甚至比1967年还要贫困。"（生活水平可由人均消费和人均国民生产总值来衡量。我随《约旦河西岸数据报告》的作者麦罗安·本温尼斯特博士一起调查了详情。按照他的研究，约旦河西岸人均消费估计相当于以色列的百分之三十；人均国民生产总值是以色列的四分之一。）

"后来，"这个巴拉塔的小伙子接着说，他表情拘谨，却流露的愠怒，"后来你们来了，说在约旦人的管辖下不好。也许是这么回事。但是约旦人拿走的只是我们的民族身份，而你们什么全拿。民族身份，以及我们这些害怕你们、依靠你们维持生计的每个个人的身份，你们什么全拿。你们把我们变成了行尸走肉。而我呢，我还剩下什么？只剩下对你们的恨和政治思想。你们带来的另一个弊端是，这里的每个人，甚至最普通的农民，都被你们变成了政治家。"

在德黑沙，我和三个妇女一起喝茶。听女人讲述那些最尖锐的事情。男人比较害怕蹲监牢，害怕威胁恫吓。是女人在示威中一马当先，是女人呼唤呐喊，在电视台的摄像机前大声道出满腹的苦楚。皮肤黝黑、五官轮廓分明的女人，受苦遭罪的女人啊。哈迪加七十五岁，思维敏锐，瘦长的身子很健康。"安拉，伊克哈里克，"我对她说愿神与你同在，她自嘲地、咧开空空的牙床微微一笑，说道："去他那里又是什么样子呢？"她向我解释说，人就像一根麦秸，一变黄就弯曲了。

她在这套标准的难民住房中住了有四十年。房子由联合国福利救济署建造，墙壁和屋门上依旧能够发现联合国的标记。约旦河西岸和加沙地带的难民营，均由联合国福利救济署任命的一位负责人掌管。他在福利救济署与居民之间起中间人的作用。他本人以前是难民，住在难民营当中。他有权分配食品，分配福利款项，授予在难民营的居住权，推荐学生进大学读书。

这套房子有两个小房间，没有自来水。通常停电。今天外面下着雨，房间里几乎是一片漆黑。哈迪加和姐姐坐在一个草垫子上，检查难民营中的医生给姐姐开的药。姐姐患有气喘病。工作在难民营中的教师和医生一般来自外面，来自附近的城市。清洁、卫生、建筑这些极其简单的工作全由巴勒斯坦人承担。我现在所呆的这套房子里住有五个人。我们喝茶的这间房子里有个柜，柜上放着一只小箱子。箱子半开着。好像在等着让人搬走。几把木椅做工粗糙，架子上放着蔬菜。一个年轻的女人，神色有些慌张，拿来橘子和一把水果刀。在这儿的每所房子里所看到的另一件家具是家庭主妇用的嫁妆箱子，由南欧紫荆的柔软树干做成。女人在这里保存着自己的嫁妆、床单、结婚礼服，大概还有孩提时代的奢侈品，玩具，漂亮手绢——毕竟，她结婚时不过是个小姑娘。

"要是今天有人给你一德南土地，那地方挺不错的，光线很好，是在野外，你愿不愿意？"

"那是，那是，"她笑了，"当然愿意，但只有在我们自己的土地上。在那里。"

她也像今政治家,像多年来给她带来如此厄运的那些人,慷慨陈词地讲述此话。她至少有权利这么做。我努力回想,巴勒斯坦领袖们有多少次错过为自己获取家园的机会:1936年有一次划分提议,第二次提议是1947年,也许还有其他机会。他们——盲目地一一予以否决。我们默默地喝着茶。男人们出去做工。墙上有两颗钉子,用做挂衣钩。其中一颗钉子上挂着阿拉伯人头巾上的黑色束带。

任何在"占领区"服过兵役的人都知道,这样的房间在夜晚会是怎样一种情形。任何一个参加过夜间搜查、宵禁、捉拿嫌疑犯的人都会记得。狂暴地闯进一个与眼前这个相像的房间,里面有几个人正睡觉,很拥挤,空气不流通,臭烘烘的,三四个人共盖一条扎人的羊毛毯子,睡觉时还穿着工作服,好像随时准备从床上爬起,照吩咐去往任何地方。他们在混乱中惊醒,手电筒的光刺得他们睁不开眼,孩子们号啕大哭,有时一对夫妻正在做爱,士兵们将房子团团围住,有的士兵——在难民区的小路上跋涉后鞋上沾满泥巴——走过睡得暖烘烘的毛毯,有的则嘁嘁喳喳地走上铁皮屋顶。

我凝视着空空的水泥墙、发热的油灯、地上卷起的毛毯,老女人追随着我的目光。她突然一下子大发雷霆:"我们像吉卜赛人,是吧?我们很可怜,对吧?哈?我们是文化人她姐姐。"那生病的老太太,迅速地点头,尖下巴戳着凹陷的前胸:"就是,就是,文化人!"她们陷于沉默,喘着粗气,仪态有几分野气、奇异的年轻女子想说些什么,却还是一言不发。她的手真的将口紧紧捏住。东拉西扯加上友好款待时的警觉,既含着彬彬有礼的华而不实,又带着蓄意的细腻拘泥,矫揉造作,弦突然一下子绷紧了。我一阵慌乱。年轻女子努力想弥补一下。她改换了话题。问婆婆是否愿意给坐在这里的以色列人讲些什么,比如她在艾因·阿兹拉伯的童年?不。问她是否愿意回忆一下她在故乡土地上劳作的那段日子?不,不。那是在伤口上撒盐。呀,妈妈,你愿意唱唱那时候种地的、种葡萄和酿葡萄酒的、放羊的人唱的那些歌吗？不。她只是固执地闭紧干裂的嘴唇，摇着头发稀稀落落的脑袋，但是，又一次出于某种并不存在的征服力，她的左脚开始打起一种久远的节拍，身体静静地来回晃动，我目光审慎地盯住她，她一只手颤巍巍地拍打着大腿，鼻子气得发红："文化！你们的人不知道我们有文化！你们无法理解这种文化。它不是电视文化！"她脸上的怒气突然全消，再次表现出失败之情，表现出了解一切，表现出镌刻在老年人脸上的一切古老符号。"世事艰辛，世事艰辛……"她十分伤心地点着头，合上双眼，目光避开这狭小、黑暗的房间："你不懂。你什么也不懂。没准儿，让你奶奶给你讲讲吧。"

作者简介

泰戈尔

(1861－1941)

印度诗人、哲学家和印度民族主义者。1913年获诺贝尔文学奖。主要诗集有《园丁集》、《新月集》、《飞鸟集》和《吉檀迦利》，主要剧作有《顽固堡垒》和《摩克多塔拉》，主要散文有《死亡的贸易》、《中国的谈话》、《俄罗斯书简》。

回 忆（节选）

我不知道是谁在记忆的画布上画上了一幅幅图画；但是，不管是什么人，他描绘的是画儿；我这样说的意思是，那人不是在那里手持画笔，一丝不差地描绘下发生的事件，而是凭着个人的好恶在取舍增添，把许多大事一笔带过，把小事大加渲染。他随心所欲地把背景画在画面上，却把前景当做背景衬底。简单地说吧，他是在画画儿，而不是撰写历史。

因此，在外表上，生活只是纷至沓来的大小事件，实质上，它在人们的内心深处，倒是彩笔涂就的画卷，这两者相辅相成，可并不是一码事。

我们无暇遍览我们内心的画室，只不过偶尔有几幅零星画幅撞入眼帘，而那长长的画卷则隐没在黑暗中。那位终日忙碌的画家为什么总在不停地画着？他何时何日才会终卷掷笔？他的那些画儿被送到哪一座画廊？——谁又能答出这些问题呢？

几年以前，有人向我问起我的经历，我才有机会窥探一下这间画室。我原以为从生活中采撷几束素材便足以写成我的历史。然而，当我推开画室的门扉，这才发现记忆中的生活并非现实中的生活，而是那位冥冥之中的画家手下的创作。布满画面的斑驳陆离的颜色并非外界光线的投影，而是来自画家那带有强烈感情色彩的心田，它只属于那挥毫作画的人。因此，记忆画布上的画面不宜于作为法庭证词的记录。

尽管试图从记忆的库藏里去搜集精确的事实可能是徒劳的，但是，浏览记忆的画卷本身具有一种强烈的魅力，我被这种魅力迷住了。

我们旅行的时候，脚下的路、路旁的休憩之所对我们来说是必不可少的，司空见惯的，它们不是图画。但是，我们在黄昏投宿过夜时，回首眺望一下那在生命的清晨跋涉过的市镇、田野、河流、山川，在暮色苍茫里它们确实是一幅幅的图画。现在，我有了回首往事的机会，我回顾了，那一幅幅的图画便占据了我的整个身心。

难道说我的兴趣仅仅是出于天生地对个人过去经历的眷恋？当然，这兴趣中掺杂着几分个人的感情；然而，那图画自有其独立的艺术价值。我的回忆录中没有一件事值得留芳百世，然而，文学作品并不仅仅依赖它所描绘的事件的辉煌壮丽。一个人真切感受到的东西，只要他能让人们也感受到，对世人就不会是无足轻重的。记忆绘成的图画，只要能够付诸文字，就应当在文学中占有一席之地。

我把我的回忆录作为文学素材奉献给读者，如果有人把它看成是自传，那就错了；作为自传，我的回忆录将是支离破碎的，毫无重要价值。

家庭与外界

我小的时候，根本不知道奢侈为何物。那时的生活水平比现在要低得多。此外，我家的孩子们从来就没有享受到过分宠爱之苦。说穿了，偶尔照看照看孩子，对监护人来说是件乐事，但对孩子们来说，却永远是非常讨厌的。

照看我们的是仆人。他们怕麻烦，几乎剥夺了我们的行动自由。

但是，没有让人家当做玩物似的宠爱足以补偿失去行动自由所受的痛苦，因为，我们的心灵是自由的，不曾陷入姑息溺爱的罗网。

我们的食物绝非珍馐美味，我们的衣衫只会招来现代青年的讪笑。十岁以前，我们没有任何借口要求穿鞋袜。天凉时，在长衬衫外再套上一件，便于愿足矣；而在我们的脑海中，从未闪过以此为寒碜的念头。只有老裁缝奈亚摩特忘记给我们的长衬衫缝上一个兜儿时，我们才会叫苦不迭；天底下哪有男孩子会穷到没有一点点财产要往兜儿里塞！圣明的神祇，天公地道，男孩子无论出身豪门望族，还是来自平民百姓，拥有的财产却差别甚微。我们每人都有双拖鞋，可鞋却难得穿在脚上，而是常常被踢向前，接着再踢。这个习惯害得我们的鞋磨损得比穿在脚上一步步走路还要厉害。

家里的大人们不论是衣食住行方面，还是交游娱乐方面，都和孩子们隔着一道鸿沟。对我们，那些都是可望而不可即的东西。现在的长辈的身价已经变得一落千丈了，他们太容易接近，孩子们的愿望也太容易得到满足。而我们呢，所有的东西都来之不易，就连许多不值几文的小玩意儿，在我们眼里也成了稀罕物儿。我们老是在希冀着，等我们成年后能得到那遥远的未来为我们保存的一切。结果呢，我们充分享受了东西到手的那小小的欢乐，一丁点儿也不糟蹋。可现在那些富家子弟对给他们的东西挑挑拣拣，吹毛求疵，把一大半儿都浪费了。

一天的时光大多是在外院东南角上仆人们的下房度过的。我家有个仆人名叫夏摩。他是库尔纳县人，生着一副黝黑的圆脸膛和一头卷发。他常给我找个地方，再用粉笔画个圆圈，伸出一个指头，非常严肃地警告我，要是跨出那个圈圈就会遇到种种灾祸。那可能来临的危险究竟是实实在在的，还是凭空臆造的，我一直难以辨清，尽管如此，我依然感到恐怖扼住了我。既然我读过《罗摩衍那》中悉达因迈出罗奇曼画的圆圈而尝尽艰辛的故事，我怎能怀疑夏摩的警告呢。

我的囚室的窗下有个大池塘，几蹬石阶伸入水中；池塘西岸，院墙边有一株大榕树；池塘南边与椰林相接。既然我被圈在窗边，我便打开百叶窗整天地凝视着池塘的景色，专心致志好像读连环画似的。从清晨起，邻居们便一个个来池边沐浴，我知道什么人在什么时候来，我熟悉每个人沐浴的细节。有一个要先用手指堵住双耳，按惯例将全身浸入水中几次后，才离去。另一个却不敢钻入水中，只是再三地将毛巾浸湿，在头顶拧水冲一冲就心满意足。第三个则连连挥动手臂，小心在意地赶开水面上的污秽渣滓，然后猛地钻入水底。有一位不做任何准备，一下子便从岸边的石阶上跃入池塘。而另一位却一级一级缓缓步下石阶，边走边喃喃地念着晨祷文。还有一位总是匆匆忙忙的，一洗完马上就走。下一位却永远不慌不忙，优哉游哉地洗过澡，仔细地擦干身子，换好干净衣服，一丝不苟地理好腰布，在外院转上一两遭，采几朵鲜花，这才迈着方步打道回府，他那刚刚擦洗过的身子在晨风中显得特别清爽轻松。直到正午，池塘才无人光顾，安静下来，只有鸭群还不肯离去，不断地扑啦啦戏水，啄食水中的虾、蟹、田螺，或是急匆匆地梳理羽毛，消磨永昼。

池塘一派沉寂，这时，我的注意力又被大榕树的浓阴所吸引。榕树主干的四周无数的气根悬空垂下，纠结在树根周围，形成一片神秘莫测的昏暗。看上去，好似自然法规在这神秘区域的大门外止步不前，好似远古时的梦境逃过神祇的监视，在现代社会中流连不去。在那榕树下，我看到了什么人，他们在干什么，现在已经不可能用浅近的语言表达清楚，后来，我在诗里曾写到这株大榕树：

呵，古老的榕树，你的绞绕的树根从枝上挂下来，

你日夜站着不动，如一个修道者之在忏悔，

你还记得那个孩子，他的幻想曾随了你的阴影而游戏的吗？

唉！榕树已不复存在了，映照那树木之王雄伟身姿的一潭池水也不复存在了！那些曾在池塘里洗浴的人儿也随着榕树的绿阴消逝

了。当年的小男孩，也长大成人。重重困难和矛盾宛如旋绕而下的榕树气根，缠着他。他正在顺境与逆境中打发着阴晴晨昏。

走出大门是被禁止的，就连宅子里的房间也不是我们全都能够自由出入的。我们只好透过层层帘幔观察大自然。帘幔外，是我可望而不可即的无垠的外界，它的光亮、声响和馨香时而透过帘幔的间隙，来到我的身边，轻轻地抚摸我，显示千姿百态，想要与牢笼中的我玩耍。大自然是自由无羁的，而我却是个囚徒——我们怎能相遇。正是为此，外界的吸引力就更为强烈。

现在，粉笔画的圆圈虽已抹去，但束缚自由的圆圈犹存。天际依旧遥远，自然依旧不可及。我还记得我的诗句，那是成年以后写的：

驯养的鸟在笼中，自由的鸟在林中。

时间到了，他们相会，这是命中注定的。

自由的鸟说："呵，我爱，让我们飞到林中去吧。"

笼中的鸟低声说："到这里来吧，让我俩都住在笼里。"

自由的鸟说："在栅栏中间，哪有展翅的余地呀？"

"可怜呵，"笼中的鸟说，"在天空中我不晓得到哪里去栖息。"

内院屋顶露台的短墙高过了我的头顶。后来我的个子长高了，仆人们的暴政也缓和了，家里又娶来位新人。我作为新娘闲暇时的游伴的地位就认可了，这时，我才能有时在正午时分登上露台。正午，家务事告一段落，宅子里所有的人都用过饭，午睡了。内宅悄无人声，只有群鸦在墙角的垃圾堆上觅食，沐浴后换一下的湿衣裳搭在短墙上晒着。静谧的正午里，隔着墙垛，笼中鸟和林中鸟在相对谈心。

我伫立着，凝视着……我的视线最先落到内院尽头处那排椰子树上。在椰林掩映中，能看到鲶鱼村的一簇簇茅舍、一汪池水和池边挤奶女工塔拉的牛栏。远处，树丛中露出加尔各答那此起彼伏、形状各异的屋顶露台反射着正午烈日炫目的光芒，朝着东方湛蓝色的地平线延伸而去。远处几所房子有带遮檐的楼梯通向露台，看去好似竖着一根手指，眨动着眼睛，向我暗示隐藏其间的秘密。我想在那些我从未进去过的建筑物中一定可以尽情玩耍，可以不受人约束，而我无法向你们说明这些对我是多么可贵，就像王宫门前的乞丐难以想象近在咫尺的宝库中收藏的奇珍异宝。从头顶上那阳光明媚的天空传来雄鹰尖利的啸声；从鲶鱼村隅的小巷中，越过沉睡的人家，飘来沿街叫卖的小贩的吆喝声"卖……卖手镯啦……"。这时，我的灵魂与肉体就像是悠然飘离了尘世似的。

我的父亲总是四方云游，难得在家。三楼上他的房间经常锁着。我就从百叶窗伸进手去，拉开插销，打开门，一动不动地躺在南墙边父亲的沙发上，一待就是一个下午。第一，这是间经常上锁的房间，其次，我是偷偷摸摸溜进来的，这两点给待在这间房子里增添了浓厚的神秘色彩；那向南伸展的宽大的露台，在阳光下熠熠发光，竟使我青天白日里陷入梦境。

父亲的房间里还有另一种诱惑。那时，加尔各答城里已有了自来水。这个伟大的新事物刚刚胜利进军加尔各答，甚至对印度人居住区也并不吝啬。水也流上了父亲那间三楼上的房间，真是自来水的黄金时代。我常常拧开浴盆的龙头，痛痛快快地冲个澡，虽说下午不是洗澡的时候。我这么做，与其说是为了享受冲凉的舒适，不如说是为了放纵一下，为所欲为。那时我心里一则以喜，一则以惧，喜的是能为所欲为，惧的是怕被人抓住；这一喜一惧使得水注像箭镞，为我注入喜悦。

也许正是由于与外界接触的可能性那么渺茫，我才那么容易感到满足。物质越是极度丰富，人的心就越是懒惰，越是无动于衷，越会忘记欢乐取决于内因，而不是外因。这是人在童年就应该学习的重要一课。婴儿占有的东西是那么少，那么不足挂齿，但他并不需要更多的东西，他是幸福的。有的孩子拥有数不胜数的玩具，可怜的孩子们，他们的游戏都被玩具毁掉了。

把我家的园子叫做花园简直是溢美之词。因为园子里只有一株柚子树，两三株不同品种的李子树和一行椰子树。园子中心有块铺石板的圆形空地，野草非法侵入，在石板缝隙中扎下根，竖起一面面宣告胜利的旗帜。而那些花木，尽管无人管理，总是不肯枯死，它们并不抱怨园丁的失职，只谦逊地尽着各自的职责。园子北头的角落里有个舂米的碓房，偶尔家务有需要时，女人们就在那里聚会。后来，这个农村生活的最后一个象征也终于承认失败，羞愧难当地默默退场了。

尽管如此，我仍怀疑亚当的伊甸园会比我们的园子更美丽，因为亚当和他的乐园一样，都是赤条条的，无需身外之物来装饰。自从亚当吃了智慧之果，并消化吸收了它以后，人们对身外之物的需要才无止无休地增长起来。

我家的园子就是我的乐园，我别无奢求。我清楚地记得，初秋的清晨，我睁开双眼就跑到园子里去。一股带露的草叶发出的清香扑鼻而来；黎明披着凉爽清新的阳光，爬上东墙，透过椰子树迎风摇摆的璎珞似的长叶，伫望着我。宅子的北边还有另一块空地，直到今天仍被称为"谷仓"。从这名字上可以看出，很久很久以前，这里是储存一年收获的谷物的仓廪。那时城市和乡村就像襁褓中的兄妹，没有明显的差别。而现在，血亲的外形特征已无从辨认了。谷仓是我度假的去处，不过要看我能不能找到去的机会。要说我到那里去玩耍可就错了，正是因为那里不是个游戏场，我才去的。为什么？我可说不清。也许是因为谷仓在僻静的角落里，是块无人光顾的荒地，在我眼中才有了魅力。它远离宅子里的居住区，没有丝毫能派用场的痕迹，再加上从来没有人在那里耕耘播种过，它成了块不毛之地。无疑，由于这一系列原因，这块荒地也就不去阻碍那个男孩子想象力的自由驰骋了。每当我钻空子躲过看守人的监视，并设法跑到谷仓时，我就觉得自己真的在过节了。

宅子里还有个去处，至今我也没有发现在什么地方。一个与我同步的小姑娘把那儿叫"国王的宫殿"。她会不时地对我说："我刚刚到那儿去了！"可不知怎的，她可以带我一道去的时候却总不是黄道吉日。"国王的宫殿"是个奇境般的去处，那里的游戏和玩具堪称双绝。我猜测它就近在咫尺——也许就在二楼或是三楼上，只是凡夫俗子似乎无缘问津。不知有多少次我问我的小伙伴："你只告诉我一件事行不行？'国王的宫殿'真的是在宅院里，还是在外面？"她总是回答说："它就在这个院子里。"我便会坐下苦苦地思索："它会在哪儿呢？我不是对宅子里的所有房间都了如指掌吗？"可那国王是谁，我却从未想到该问一下。至今"国王的宫殿"在什么地方仍无人发现。只有一点是确定无疑的——它就在我家的宅子里。

　　回首童年生活，最难忘怀的是那充斥生活与寰宇中的秘密。天涯海角，四面八方，到处都潜藏着不可臆测的事物，每天最重要的问题是：什么时候，啊，什么时候我们会碰到它？就好似大自然在她那双紧紧握住的手心里藏着什么东西，反倒笑眯眯地问我们："你猜猜，我手里有什么？"我们想不到的东西是不会握在她的手里的。

　　一颗番荔枝籽至今还清晰地留在我的记忆里。我曾将它种在南面走廊的一个旮旯里，每天为它浇水。一想到一颗种子可以长成参天大树，我心里便漾起又惊又喜的阵阵波澜。番荔枝籽倒是至今一直保留着发芽的习惯，但是我心里的惊喜之情却再也不肯伴随着它的发芽破土而出了。番荔枝籽当然是无辜的，错的是我的心。

　　一次，我们从一位堂兄的假山上偷了几块石头，自己堆了座小小的假山，还在石缝里种了些花草。我们照料得是那样地无微不至，以致花儿草儿凭着植物求生的本能勉为其难地挨了些日子，最终还是夭折了，而那座小小的山峰给我们带来的欢乐和惊诧，用文字是难以描绘的。我们坚信我们的创造对我们的兄长也会是奇妙的。然而，当我们想把这一信念证实一下的时候，才发现屋角那座小丘连同岩石花草，一古脑儿地消失了。书房的地板不适于垒山这个知识被那么粗暴地、那么突如其来地强加给我们，真让我们震惊。当我

热爱生命

们意识到我们的想象力与兄长们的意志之间横着一道鸿沟时，那地板摆脱了的重负便沉重地压在我们的心头上。

那时候生命是为我们在搏动。大地、天空、溪流、绿叶都在向我们娓娓而谈，不容被漠视。有多少次我们为自己只能看到地球的表层，却无由得知地心的秘密，而引以为憾呀！我们一心想着怎样才能窥探地球土灰色表层之下的世界。我们想着，要是能把竹竿一根接一根地钉入地下，也许就能与地心建立起某种联系。

玛格节日期间，前院里得竖起一圈柱子，用来悬挂吊灯。挖埋柱子的坑，每到玛格月初一就开始了。过节的种种准备在孩子们眼里总是有趣的。但是，挖灯柱坑对我特别有诱惑力。尽管我年年都看人挖坑——只见坑越挖越深，直到挖坑人完全隐没在坑里，却没发生过什么奇特的事情，没发生过什么值得王子或是骑士去探索的事情——可是，每一次我都感到那魔箱的盖子就要揭开了，再挖深一点儿就会真相大白了。一年又一年过去了，可那具有决定性意义的一下挖掘始终没有做到，就像有人拉了一下大幕，却没有把它拉开。我奇怪，大人们有行动自由，为什么他们却浅尝辄止呢？如果我们这些小孩子有权做主，那么，地球的秘密绝不会在尘埃之下自燃自熄了。

蓝色的穹庐下处处都孕育着苍天的秘密，这个念头同样也激发了我们的幻想。因此，当老师向我们讲授孟加拉语《科学入门》里的某一课时，告诉我们那蓝色的天空是浩瀚无垠的，我们像五雷轰顶似的吓呆了！他说："你们架上梯子，一直向上爬，也绝不会有什么东西碰了你们的头顶。"我琢磨着，他一定是舍不得用梯子，就尖着嗓子问道："要是我们再架上更多更多的梯子，又会怎么样呢？"当我得知再加多少架梯子也无济于事时，不由得大吃一惊，陷入了沉思。后来，我得出了结论：毫无疑问，这么惊人的奇闻，世间只有教书先生才知道！